Kaspar Eduard Schech:

Sieben kurze Geschichten

Sieben kurze Geschichten

von

Kaspar Eduard Schech

Sieben kurze Geschichten

Umschlag: Bank im Englischen Garten, ASCII-Grafik. © Schech, Kaspar Eduard

Lektorat: Dr. Heike Wilde

© 2020 Schech, Kaspar Eduard

Herstellung und Verlag:

BoD – Books on Demand, Norderstedt

ISBN: 9 783750 471481

Wer eine Katze hat,
braucht das Alleinsein nicht zu fürchten.
(Daniel Defoe)

Der Inhalt

1

Che bel vivere – was für ein tolles Leben

Der alte Mann ging nur noch selten aus dem Haus, manchmal nur alle zwei oder drei Wochen manchmal sogar für einen ganzen Monat nicht. Zu Hause arbeitete er an allerlei kleinen Projekten, viel am Computer. Für andere Projekte beschrieb er zahllose Seiten seines Notizbuches. Manches Projekt legte er zur Seite oder verwarf es gänzlich, andere Vorhaben nahm er nach Wochen oder nach einem Jahr wieder auf, um daran ein wenig weiterzuarbeiten oder sich dann doch ganz davon abzuwenden. Einige Studien waren reine Gedankenspielereien, andere versprachen einen geringen wirtschaftlichen Gewinn, eine Zulage zu seiner Rente, die zwar kümmerlich klein war, aber für alles, was notwendig erschien, ausreichte. Man konnte vermuten, dass er mit dem, was er tat und seinem Leben zufrieden war. Er hatte aber auch eine Empfindung, dass da noch irgendetwas anderes sein müsste, vielleicht noch eine neue Entdeckung, ein bisschen Lob und Anerkennung für eine Erfindung oder etwas, was er erdacht und ausgetüftelt hatte. Eine Winzigkeit, die ihm eine geistige Zufriedenheit verschaffen könnte. Er erinnerte sich an die letzten Jahre im Beruf, als er aus dem Tagesbetrieb abgezogen wurde, um für die Neuangestellten zuweilen technische Seminare zu halten. Da war die vage Hoffnung, dass da vielleicht noch ein neuer Aspekt auftreten könnte, etwas mehr als nur aus dem Fenster seines Arbeitszimmers zu starren und die Jahreszeiten wechseln zu sehen. So wie viele alte Menschen glaubte er, dass jetzt, wo alles vorbei zu sein schien, vielleicht doch noch eine wichtige Nebensache käme, die neu, die interessant sein könnte.

Doch für diesen Tag hatte er Pläne. Er wollte sich am Abend mit alten Freunden treffen, um ein Geschäft zu besprechen. Er überraschte seine Frau, die ihm meist wortarm zur Seite stand, heute damit, dass er schon am Morgen in der Dusche sang. Das hatte er seit Monaten nicht mehr getan. Früher, vor Jahren, hatte er sich gelegentlich als Amateur am Klavier versucht. Es war weniger die Musik als viel mehr die Suche nach etwas Neuem, Befriedigendem, das ihn damals antrieb. Heute sang der alte Mann im Badezimmer eine frohe Arie von Gioachino Rossini, in dem Raum, der so ein schönes Echo hatte, wenn man nur die Handtücher von der Wand nahm und die Fliesen dann den Schall zurückwerfen konnten. Die Arie *„Largo al Factotum"*, wenn schon nicht im Konzertsaal zum Besten gegeben, klingt in jeder mittelgroßen Dusche wie für diese Situation komponiert. Der alte Mann trommelte die 6/8 Triolen im *allegro-vivace*-Tempo überzeugend auf den Klodeckel. Er hatte sich inzwischen längst rasiert, getrocknet und zum Frühstück niedergesetzt und immer noch klang die Arie als imaginäre Musik durch das kleine Haus *„Ah, che bel vivere, che bel piacere"*, – „was für ein tolles Leben!" Es schien ein besonderer Tag werden zu wollen. Selbst die Morgenzeitung, sonst oft viel zu spät ausgeliefert, kam heute pünktlich zum Kaffee, und hatte – nicht wie sonst meist – keine dieser entsetzlichen Mord- und Totschlageschichten auf der Titelseite, sondern Bilder von Kätzchen, die letzte Nacht in der Vorstadt von der Feuerwehr von einem Dach gerettet worden waren und jetzt wieder glücklich in die Kamera grienten.

Der Vormittag hatte eine vorausschauend-freundliche Stimmung, die weit jenseits des Frühstücks reichte. Der Mann hatte die Ergebnisse seiner letzten Arbeit zusammengefasst und davon sieben Büchlein drucken und binden lassen. Sieben Exemplare sollten ausreichen; eines wollte er selbst behalten, die anderen an seine Bekannten verteilen. Seine schweigsame Frau hatte ihm ein sauber gebügeltes weißes Hemd und den mittelgrauen Anzug herausgelegt. Die Frau erinnerte sich, dass er den Anzug schon seit mehr als zwei Jahren nicht mehr getragen hatte. Er hatte keinen Anlass, keine Hochzeit, keine Feier und keine geschäftliche Angelegenheit, die so einen Anzug gerechtfertigt hätte.

Für den kurzen Weg zum abendlichen Treffen hatte er sich eine Kraftdroschke bestellt. Der Weg zum Lokal, in dem das Treffen stattfinden sollte, war kurz. Berufskollegen, alte Freunde und ehemalige Kommilitonen kamen am dritten Freitag jeden Quartals zusammen, um sich zu unterhalten, zu debattieren oder gelegentlich auch Geschäftliches zu besprechen. Das Lokal war ein früherer Tanzsaal, der nur noch selten Gäste hatte und noch seltener Musik, die zum Tanz aufspielte. Vor dem Eingang zum Saal waren Klapptische und Bänke für die Besucher, die es vorzogen, an den milden Sommerabenden draußen zu verweilen und über ihr Bierglas hinweg die Passanten zu beobachten. Über der Tür zum Eingang stand „Aufgang zum Tanzsaal" und ein altes Emailleschild, das den Besuchern erklärte, dass der „Zugang zum Saal nur in angemessener Kleidung" gestattet sei. Dort war ein Tisch als Kasse für die Besucher dieses Treffens aufgestellt. Zwei kichernde Mädchen kassierten den Eintritt und baten darum, doch die Visitenkarte in die bereitgestellte Blumenvase zu werfen und sich dann bitte namentlich in die Liste der Besucher einzutragen und „bitte die E-mail-Adresse nicht zu vergessen." Der Besucher wurde so zum Teilnehmer und bekam ein buntes Armband um das Handgelenk geknotet, als Zeichen, dass der Teilnehmer seinen Obolus beglichen hatte, dass er Zugang zum Saal hatte und sich dort ohne weitere Kosten am Zapfbier erlaben konnte. An den wenigen Tischen waren Happen und andere essbare Kleinigkeiten bereitgestellt; daneben Papierservietten und Zahnstocher, um die Happen aufzupicken. Die Zusammenkunft fand im Stehen statt, wozu sich die karge Bestuhlung des Tanzsaales besonders eignete.

Die Gäste waren in der Mehrzahl ältere Männer, darunter viele, die ihre Rente genossen und andere, die dabei waren, die letzten Jahre ihres Berufslebens endlich hinter sich zu bringen. Da war der Mathematiker, der stets durch seinen wirren Blick und schlechte Kleidung auffiel. Er arbeitete jetzt in Teilzeit bei einer Computerfirma und litt darunter, dass er das, was der Inhalt seiner Forschung und wohl auch seines Lebens war, nicht erklären durfte. „Das ist Firmengeheimnis, wissen Sie?" Wenn der Abend fortschritt und er mehr Bier getrunken hatte, vergaß er die Geheimhaltung und versuchte seine mathematische Gedankenwelt zu erklären. Niemand verstand das Problem und schon gar nicht die Lösung, was dazu führte, dass der Mathematiker meist alleine herumstand, da sich kaum jemand mit ihm unterhalten wollte. Oft kam der dicke Brauer. Sie kannten sich noch aus dem Studium. Damals war der dickbauchige Brauer der laute Leithammel im Institut gewesen. Er hatte sein Studium nicht zu Ende geführt, denn er hatte von seinem Vater eine Brauerei geerbt. Auf diese Weise war er wohlhabend und reich geworden und hatte genug Geld, um für sich eine alte

Villa mit Zugang zum See am Stadtrand zu renovieren und dort teure Bilder an die Wände zu hängen. Doch konnte er es nie hinnehmen, dass er keinen akademischen Grad erworben hatte. Um sich darüber zu trösten, versuchte er als Mäzen aufzutreten, oder wenigstens als Sponsor von Sportereignissen bekannt zu werden. Es beglückte ihn, sein Bild in der Lokalzeitung zu sehen. Daher war er mit seinem Geld immer gebefreudig, offen, neue Ideen zu fördern und kleine Firmen mit einem Startkapital auszustatten. An diesem Abend kam der fette Brauer nicht. Seit mehr als einem Vierteljahr sah er fettleibig aus, aufgedunsen und nicht gesund.

Auch einige Frauen waren an diesem Abend zur Versammlung gekommen. Da war die blonde Witwe, die bei jedem dieser Treffen ungefragt, lange, laut und ausführlich über ihre letzten Auslandsreisen erzählte. Ihre Ausführungen begannen meist wie: „Wart ihr schon mal in ...", und weiter „man kann sich das ja gar nicht vorstellen ..." Sie wusste keinen anderen Weg, um die Leere in ihrem Leben mit immer längeren, immer teureren und exotischeren Reisen zu füllen, aber es schien ihr nicht recht zu gelingen. An manchen Abenden, wenn er nicht geschäftlich gebunden war, kam der Arzt, ein Schulfreund. Er hatte damals das beste

Abitur des Jahrgangs, reiche Eltern und konnte es sich leisten, arrogant aufzutreten. Die Mädchen mochten ihn trotzdem, die einen, weil er gut aussah, die anderen, weil er bemittelt war. Er studierte Medizin, wurde Arzt und nach kurzer Zeit Chef in einer großen Klinik, wo er – angeblich – mit Mauscheleien und schwarzen Geldern bei der Vergabe von Transplantat-Organen noch reicher wurde. Seine – vierte – Frau fuhr demonstrativ mit einem gelben Porsche durch die Stadt und zum Golfplatz. Seine ersten drei Frauen waren dem Arzt abhandengekommen, während er zu viele Stunden in seinem Krankenhaus verbrachte oder für Wochen in exotische Länder reiste, um an bezahlten Seminaren teilzunehmen.

Der alte Mann hatte gehofft, an diesem Abend den Brauer zu treffen, um herauszufinden, ob dieser möglicherweise einen kleinen Betrag in sein neues Projekt investieren wollte. Dafür hatte er die grünen Büchlein machen lassen, die ihm helfen sollten, das Konzept zu erklären. Um auf der Toilette die Hände freizuhaben, legte er die Büchlein auf einem Ecktisch ab. Als er zurückkam, fand er die Büchlein in einer nassen Lache, von der nicht genau zu erkennen war, ob da ein Bier ausgeschüttet worden war oder ob sich jemand in dem Eck übergeben hatte. Mit Ekel schob er die nassen

Heftchen mithilfe einer Papierserviette nach hinten über den Tisch, von wo sie auf den nassen Parkettboden des Tanzsaales fielen. Er brauchte sie nicht mehr.

„Wie war dein Abend?", fragte seine Frau am Morgen, während sie ihm Kaffee eingoss, „wie ist es gestern gelaufen?" – „Ach, wie immer, nichts Besonderes, immer die gleichen Leute, immer die gleichen Geschichten." Dann fügte er noch hinzu: „Der fette Brauer kam nicht, man sagt er sei gestorben, ist aber egal" – „und deine Büchlein, die du extra hast drucken lassen?" – „die habe ich nicht mehr." Der alte Mann zeigte ein tiefgründiges Lächeln, einen Gesichtszug, den nur seine wortarme Frau sehen und verstehen konnte. „Ach so", sagte sie. Nach dem Frühstück ging er wieder in sein Arbeitszimmer mit dem Fenster zum Garten, das Zimmer mit dem Computer auf dem Schreibtisch und den vielen Notizbüchern im Regal. – *„Ah, che bel vivere, che bel piacere."*

2

Monolog mit Irene

Er hatte schon längst die Morgenzeitung vor einer Stunde an der Tür aufgehoben. Milch in der Flasche, die vor der Haustür abgestellt wurde, gab es seit zwei Jahren nicht mehr. Ersatzlos gestrichen. Fast im gleichen Monat gab der Bäcker auf, der sonst per Boten jeden Morgen – außer Sonntags – zwei große Brötchen und eine Salzstange in einem kleinen Textilsäckchen an die Klinke der Tür gehängt hatte. Ein kleines Frühstück, das sich fast über das ganze Jahr kaum geändert hatte. Er fand, es sei ‚gut genug' für sein Rentnerleben, man könne sich ja immer und jederzeit Besseres und Anderes wünschen oder selber etwas zubereiten.

Und wieder sah er vor die Tür, obwohl weder Milch noch Backwaren bestellt oder noch zu erwarten waren. Nur die Zeitung, die er schon vor einer Stunde hereingeholt hatte und zur Lektüre auf dem Küchentisch aufgeschlagen hatte.

Sie, auf die er so sehnlich gewartet hatte, war wieder die ganze Nacht weggeblieben und kam jetzt kleinlaut am Morgen durch die Tür. Die Sonne war schon längst aufgegangen.

„Weißt du nicht, dass du mir jedes Mal, wenn du nächtens heimlich weggehst, dass du mir da fast das Herz brichst?" – Sie blickte kaum zu ihm auf. Sie tat so, als ob sie ihn gar nicht hörte und setzte sich auf das Sofa, gegenüber vom Fernsehapparat und neben seinem Ruhesessel. Er sah ihr perfekt schwarzes Haar, das auch nach der Nacht nichts von seinem Glanz verloren hatte. Sie hatte noch keine grauen Haare oder verbarg diese gut.

Er versuchte es wieder: „Wenn du mich wirklich so liebtest, wie du immer tust, warum gehst du dann fast jede Nacht heimlich aus dem Haus?", und weiter, „du solltest doch wissen, dass ich mich um dich sorge, wenn du da draußen unterwegs bist. Ich kann doch nicht wissen, mit wem du dich triffst. Du weißt ja gar nicht, welche bösen Menschen da nächtens auf der Straße sind." Und wieder benahm sie sich so, als wolle sie seine Fragen weiter unbeachtet lassen oder vorgeben, sie gar nicht gehört oder nicht verstanden zu haben. Sie sah ihn nur kurz an, ein tiefer, aber flüchtiger Blick.

Dann schloss sie die Augen für einen langdauernden Moment, zog die Beine an und legte sich seitlich auf das Sofa. Dieses Kanapee mit der bunten Patchwork-Decke war von Anfang an ihr Lieblingsplatz, auf dem sie so oft wie möglich abhing, um neue Kraft für den nächsten Tag oder für die nächste Nacht zu sammeln, ihre Gedanken zu ordnen, das Fernsehprogramm zu verfolgen, oder einfach nur durch den Tag zu schlummern, denn sie hatte kaum andere Interessen in diesem Leben, in dem sie drei Viertel der Zeit damit zubrachte, zu schlafen oder sich wieder für die nächste Nacht schönzumachen, Körperpflege. Sie las keine Bücher, vermied lange oder womöglich kontroverse Dialoge, nahm niemals ein Telefongespräch an und öffnete niemals die Tür, wenn ein Besucher unten am Hauseingang klingelte.

Früher, als seine Frau noch da war, war das Frühstück besser. Sie kochten zusammen, freuten sich an immer neuen Interpretationen des unendlichen Omelette-Themas, je nach Jahreszeit mit Pilzen, Speck oder nur einfach mit Kräutern, Tomaten oder Zeug, das gerade im Garten reif geworden war. An manchen Samstagen und an vielen Sonntagen – meist ein, oder zweimal im Monat – gingen sie damals die Straße entlang, zu einer Kneipe, kein Restaurant, kein *Diner* und auch keine Bäckerei – zu einem Speisehaus, das nichts versprach, aber alles konnte. Es war ihnen beiden eine liebgewordene Gewohnheit. Er sinnierte, wie viele Jahre seither vergangen waren. Es waren nur drei Jahre, zwei Monate und vierzehn Tage, seitdem sie gegangen war. Und doch war es ohne Belang, ob mittlerweile nur Tage oder Millionen Jahre der Erdgeschichte vergangen waren. Es war eine lange Zeit, seit sie nicht mehr da war und jeder Tag dieser Zeit fühlte sich wie ungezählte, unzählbare Jahre.

„Möchtest du noch etwas essen oder einfach nur auf der Couch schlafen?", fragte er sie wieder. Sie sah ihn nur an, als wollte sie sagen, „du weißt doch genau, was ich will, warum ich hier bin", und schloss daraufhin wieder ihre bernsteingelben Augen.

„Ja, ich weiß ja", sagte er, „ich verstehe dich ja nur zu gut. Als ich noch jung war, war ich auch so manche Nacht da draußen, habe mich streicheln lassen und an jedem Rock geschnuppert." Und so begann er eine Zwiesprache mit sich selbst, stellte sich Fragen und gab sich dazu die Antworten. Das war unterhaltsam und genauso packend, wie jemand, der gegen sich selbst Schach spielt, der sowohl die weißen als auch die schwarzen Figuren bewegt. Sie sagte nichts dazu, sah ihn allenfalls mit einem Blick an, der als Zustimmung verstanden werden konnte, aber auch als Langeweile. Sie war wohl müde.

Der einsame Dialog, in dem er mit sich selbst gesprochen hatte, wurde jäh unterbrochen. Die Türklingel wurde wieder und wieder geläutet und gleichzeitig wurde an die Tür von außen getrommelt, getreten. Ein Heidenlärm, Radau, der diese morgendliche Stille zerriss. Sie sprang vom Sofa auf, lief zur Schlafzimmertür, die, wie so oft, noch offen stand und verkroch sich in einem schwer erreichbaren Winkel zwischen Wäschekorb und Bade23zimmertür. Es dauerte einige Momente, bis auch er sich gefasst hatte und zur Tür ging. Er kannte diese Art von Lärm und wusste auch, wer vor der Haustüre stand. Er öffnete. Draußen, wie schon befürchtet, stand seine Schwiegertochter mit seinem Enkel. Die Schwiegertochter, blond, gekleidet in grellbunte Sportkleidung; der Enkel, auch in bunten Kinderklamotten und mit allerlei elektronischem Schnick-Schnack behangen und in seinen Händen. Der Junge ging ohne Gruß durch die Tür, an ihm vorbei in die Wohnung. Die Schwiegertochter hingegen, blieb am Eingang stehen. „Kannst du bitte auf ihn aufpassen, für ein paar Stunden? Ich muss dringend zu meiner Yogastunde. Du weißt doch, wie wichtig das für mich ist, um meine innere Balance, mein ‚wirkliches Ich' zu finden? Ach, ich bin sowieso schon viel zu spät dran. Geht doch, oder? Du hast ja doch heute nichts vor, oder?" Ihr Redeschwall hatte ihn überwältigt und akustisch an die Wand gedrückt. „Wie geht es dir denn so?", fragte er noch, als sie sich schon zum Gehen umgewandt hatte. „Zwei Stunden, oder drei", sagte sie noch im Weggehen.

Der Enkel hatte sich indessen auf das Sofa gesetzt und seine Elektroniksachen um sich herum ausgebreitet. „Opa, können wir meine Spielekonsole an deinen alten Fernseher anschließen?" Der alte Fernseher war der einzige Fernseher, den er hatte. „Ja, das geht wohl", sagte er. Er erinnerte sich, dass sie das vor Monaten schon einmal geschafft hatte, aber er hatte vergessen, wie und mit welchen Kabeln und mit welchen Tricks. Um sich

nicht weiter dem wachsenden Unmut seines Enkels auszusetzen, ging er nach hinten zu dem
Schrank, in dem eine Kiste mit Kabeln, Drähten,
Lötkolben, Schrauben und Schraubenziehern
stand. Hier müsste die Lösung des Problems zu
finden sein. Er versuchte sich zu erinnern, wie er
diese Verbindung beim letzten Besuch des Enkels
zusammengestoppelt hatte. Er hatte Glück. Das
alte, selbstgebastelte Kabel lag noch in der Kiste.
„Also, dann lass' uns das mal versuchen", murmelte er, als er den Fernsehempfänger auf der Kommode nach vorne zog und dann umdrehte, um so
an die Anschlüsse auf der Hinterseite des Gerätes
zu kommen. Der Staub, der hinter dem Apparat
sichtbar wurde, brachte an den Tag, wie lange
schon niemand mehr in dieser Wohnung Ordnung
gemacht hatte. „Opaaaa, mach doch bitte, wir haben doch so wenig Zeit", quengelte der Enkel. Er
aber hatte einen anderen Standpunkt und nahm
sich alle Zeit, um die Anschlussarbeit mit den
Drähten und Kabeln zu Ende zu bringen. Er hatte
keine Eile, sich die, wie er empfand, geistlosen
Spiele anzusehen.

Der Enkel hatte zwei Spiele mitgebracht.
„Was wollen wir spielen?", fragte er. Ohne die Antwort abzuwarten, begann er mit einem Spiel, in
dem archaische Figuren über eine grüne Wiese ge-

jagt wurden. Das Spektakel wurde von großem, dissonantem Lärm begleitet. Die spielenden Avatare waren menschenähnlich, krude Figuren, die in Pelze gekleidet waren und monströse Keulen schwangen, mit denen sie versuchen sollten, tierähnliche Erscheinungen zu erschlagen, um Punkte im Spiel zu gewinnen. Bei jedem Schlag wurde der Ton noch weiter mit Geheul und Gejohle unterlegt, wobei dieses Geräusch anzeigte, ob oder wie erfolgreich der Keulenschlag gewesen war, ob er die Tierfigur auf der Wiese niedergestreckt hatte, oder ob das Lebewesen noch weiter durch das Spiel humpeln konnte. Die Gestalten, die es zu jagen galt, kamen in verschiedenen Ausprägungen. Da waren große Tiere, vergleichbar mit längst ausgestorbenen Sauropoden, die zu erlegen es die meisten Punkte gab. Der Tod kleinerer Tiere, Füchse, steinzeitlich anmutender Wildschweine, ihrer Frischlinge und anderer Tiere brachte weniger Punkte. Je länger das Spiel dauerte – inzwischen schon bald eine Stunde – umso schneller wurde die Partie; die Tiere kamen aus allen Richtungen und fingen an sich zu wehren, zu beißen oder mit ihren Tatzen zuzuschlagen. Im Gegenzug wurde die Totschlagkeule immer größer, wobei es der plumpen Spielfigur nicht einmal schwerer fiel, das Kampfgerät zu schwingen. Der Enkel zeterte und schimpfte mit dem Spiel, Emotionen wurden fühlbar und der Junge vergaß seinen Opa, der weiter neben ihm auf der Couch saß und das Tamtam nur mit Widerwillen verfolgte.

Das Telefon läutete. „Ist er noch bei dir?", die Schwiegertochter fragte nach dem Offensichtlichen. Sie hörte den Radau vom Videospiel und die helle Stimme ihres Jungen. „Habt ihr Spaß, ja?" Er vermied es, direkt darauf zu antworten. „Ich bin bald bei euch", sagte sie noch, bevor sie ohne Gruß und Abschiedswort das Gespräch abbrach.

Nach einer weiteren Stunde läutete es wieder an der Tür und seine geliebte Schwiegertochter holte den Enkel samt seiner elektronischen Spielzeuge ab. „Ich muss ganz schnell weiter, ich habe unten auf dem Trottoir geparkt", rief sie noch von der Treppe.

Irene hatte unterdessen ihren schwarzen Mantel abgeleckt und erfreute sich an der Ruhe, die nach dem Gekreisch von dem Computerspiel endlich wieder in der Wohnung zu genießen war. Vorsichtig, aber entschlossen ging sie zu ihm, der inzwischen von dem Sofa aufgestanden war und zur Kochnische schlurfte. Sie sah zu ihm auf, richtete den Schwanz auf und strich an seinem rechten Bein entlang, dann zurück, Kehrtwende und wieder an das Bein, – eine Figur in der Form einer ‚8' oder, je nach Blickwinkel, einer liegenden ‚∞', dem Zeichen der Unendlichkeit in der Welt der Mathematik. „So, und was möchtest du denn?", fragte er sie. Er öffnete den Kühlschrank, entnahm eine Konservenbüchse, drei Eier und einen Rest von Thunfisch in einer schon geöffneten Konservendose. „Die Dose ist für dich und dann frühstücken wir zusammen, ja?" Er schlug die Eier in die Pfanne, gab den Thunfisch und Gewürze dazu und während das Omelette auf kleiner Flamme fertig garte, zog er den Deckel vom Rand der Dose ab und gab das Katzenfutter mit einem sauberen Löffel in den Futternapf, den er vorher sorgfältig ausgespült hatte.

„Komm, Kleines, *breakfast is being served!*" Sie hatte jedes Wort verstanden und lief neben ihm zu dem kleinen Tisch vor dem Sofa. Beide waren hungrig. Er gab sich daher nicht die Mühe, den Tisch zu decken, sondern stellte seinen Teller mit dem Omelette auf die Zeitung von vorgestern. Den Fressnapf für Irene stellte er auf den Boden, neben den Kaffeetisch. „Guten Appetit!" – Halt, nein, da war noch was. Er stand noch einmal von der Couch auf, ging zu dem alten Fernseher und rupfte das Kabel, das vorhin noch für das Videospiel gebraucht wurde, aus dem Apparat heraus. Es wurde davon unbrauchbar. „So, jetzt, endlich. Jetzt ist Ruhe.", sprach er vor sich hin.

Sie aßen gemeinsam, schweigend und mit Genuss. „Es tut gut, alleine zu sein", dachte er, „besonders, wenn man die richtigen Freunde hat."

3

Totenstille

Die Bekanntschaft mit Gertrude begann auf dem Campus, genauer gesagt war es in einem Computerkurs, in dem sie neben ihm saß. „Einführung in Programmiertechniken – Vorlesung mit Übungen", hieß die Veranstaltung, die abends im Wintersemester angeboten wurde. Für ihn war es keine Pflichtvorlesung, sondern eher sinnvoll verbrachte Zeit, die gut in seinen Studienplan passte. Für Medizinstudenten war das

Programmieren von Computern ganz und gar nicht Teil des Pflichtstudiums. Er konnte aus seinen Augenwinkeln sehen, wie sie sinnlose Zeilen auf ihren gelben Notizblock schrieb und dann doch wieder ausstrich. Sie malte dann ein einfaches Diagramm von der Tafel auf ihren Block, aber es machte so keinen Sinn. Es war für ihn fühlbar, dass sie mit dieser Materie nicht zurechtkam und wahrscheinlich in ihrem Innersten sich selbst mit der Frage konfrontierte, warum um Himmels willen sie in so eine Vorlesung gegangen war. Sie war einfach gekleidet, unauffällig, gedeckte Farben, Mischungen von Beige, Grau und noch mehr Grau; Pullover und Mantel, an den man sich kaum erinnern würde. Stilrichtung graue Maus.

Nach Ende der Vorlesung warteten beide auf den abendlichen Bus vom Campus zur Innenstadt. Die Cafeteria im Nebengebäude war längst geschlossen. Es war kalt und die ersten Schneeflocken mischten sich in den Regen. Um nicht als unfreundlich zu erscheinen, versuchte er, ein Gespräch anzufangen: „Dir hat die Vorlesung wohl nichts gebracht, oder?", und fragte dann weiter: „Kommst du nächste Woche wieder?" Es fiel ihm nicht leicht, auf andere Menschen zuzugehen und eine Unterhaltung, so unwichtig sie auch sein mochte, zu beginnen. Eigentlich hatte er eine knappe Antwort erwartet, aber es war ganz anders. Sie schien zu den Menschen zu gehören, die schon lange nicht mehr mit jemandem gesprochen hatten. „Ach, weißt du, eigentlich interessiert mich das ganz doll, auch wenn ich es noch nicht richtig verstehe. Ich kann eben mit euren Fachbegriffen nichts anfangen", sagte sie. Er: „Ich bin auch nicht vom Fach, ich höre nur bei den Computerleuten rein, weil ich Donnerstagabends nichts anderes zu tun habe." Für beide überraschend, ergab sich dann doch eine lebhafte Unterhaltung, man befragte sich gegenseitig nach Studienfach, Wohngegend, Wochenenden und Heimfahrten in die Stadt, wo noch ihre Eltern wohnten. Der Bus, den sie gemeinsam bestiegen, war nicht einmal halb besetzt. Sie saßen zusammen und genossen nach der windigen Bushaltestelle die Heizung im Bus. Die Busfahrt endete, nicht überraschend, an der Endstation, am Bahnhof. Sie musste in einen anderen Bus steigen, um nach Hause zu kommen, während er nur ein, zwei Straßen weiterzugehen hatte, um seine Studentenbude zu erreichen. Im Weggehen zu ihrem Bus machte Gertrude noch eine Geste, die man als Winken verstehen konnte.

Er sah ihr noch eine Weile nach. Sie tat ihm leid. Eine unscheinbare Maus, die sich durch das Studium quälte, eine Frau, die weder hübsch noch hässlich war, jemand, den man schnell vergisst und so unauffällig verschwand sie auch zwischen den Bussen. Er hätte ihr seine Hilfe anbieten sollen, er hätte ihr das Eine oder Andere erklären können. Vielleicht hätte er sie noch auf einen Kaffee einladen sollen oder ein gemeinsames Essen in der Mensa oder in einer einfachen Pizzeria vorschlagen. Er ärgerte sich, dass ihm dieser Gedanke nicht früher gekommen war, aber es war nicht mehr zu ändern. Sie saß jetzt irgendwo in einem Bus, der durch die Nacht fuhr.

Er nahm sich fest vor, am nächsten Donnerstag wieder in diese Vorlesung zu gehen, besser etwas früher, um gegebenenfalls ein paar Worte zu wechseln oder zusammenzusitzen und gemeinsam in die Geheimnisse der Programmierkunst einzudringen. Das Gespräch hatte ihm wohlgetan, er wollte mehr davon.

Die Zeit zum nächsten Donnerstag war lang. Er wusste selbst nicht, warum er so auf dieses nächste Zusammentreffen wartete, denn er fühlte sich nicht von Gertrude angezogen, es war eher die Hoffnung, helfen zu können, oder nur die Gelegenheit, wieder einmal mit jemandem länger reden zu können.

Mit diesem Gefühl, aber mit wenig Erwartung machte er sich zwei Stunden früher als sonst auf den Weg zu der Abendvorlesung der Computerleute. Er könne ja noch vorher in der Cafeteria sitzen, etwas lesen oder einfach anderen Studenten beim Kaffee trinken zusehen. Auch Gertrude war früher als notwendig gekommen und so begegneten sie sich wie zufällig in der Cafeteria. Ohne zu fragen, setzte sie sich zu ihm, legte ihren Mantel ab und hing ihn über einen freien Stuhl. Es war, als ob sie sich schon lange kannten. – „Na, und, wie war deine Woche so?", fragte sie und überraschte ihn damit in seinen Gedanken. – „Ach ja, so, so. Nichts Besonderes. Ein bisschen Physik, ein bisschen Integrale ...", er fand einfach nicht die richtigen Worte, die zu diesem Gespräch gepasst hätten. Er konnte ja nicht sagen, „ach, ich habe viel an dich gedacht", das wäre sicher falsch verstanden worden. „Und wie war es bei dir, so?", fragte er. Sie: „Ich weiß nicht, ob ich mit diesem Computerzeug weiter machen soll. Genau genommen brauche ich das gar nicht für mein Studium." – „Nein, bleib' dabei. Ich helfe dir, wenn ich kann." Er war von seinen eigenen Worten überrascht. Sie trank ihren Kakao und er leerte seine Kaffeetasse. Es war ein Moment des freundlichen Schweigens. „Wollen wir rüber zum Vorlesungsbau? Die Veranstaltung fängt bald an." Es war an der Zeit, zu dem Gebäude auf der anderen Seite der Straße zu gehen. Er wollte ihr in dem Mantel helfen, aber sie hatte ihn längst über die Schulter geworfen. Da war ein leichter Geruch von Chemie an dem Mantel, ein Geruch, der sich schnell verflüchtigte und draußen kaum mehr wahrzunehmen war. Es wurde dunkel.

In der Vorlesung wurden die Plätze und Tage für die Übungen vergeben. Wer wann und an welchem Terminal seine Zeit bekam, um zu üben und zu lernen. Danach die Anleitungen zu bedingten Schleifen, Unterprogrammen, Sortierstrategien: Was wichtig ist, kommt nach oben. Der Geruch, den der Mantel ausströmte, war wieder wahrzunehmen weil es im Auditorium wärmer war als draußen. Es war eine Ausdünstung, die die Nase reizte ähnlich dem Mief, den man spürt, wenn man in eine Apotheke eintritt, Spiritus, Vitamintabletten, Kräutertees. In der Vorlesung sah Gertrude nicht mehr so verzweifelt aus wie in der Woche zuvor, sie schien jetzt mehr Sinn in der Sache zu sehen. Der Heimweg verlief wie in der Woche zuvor: Nieselregen, Bushaltestelle. Nur heute wollte er netter sein und etwas anbieten. „Wollen wir noch was zusammen essen? Ich habe Hunger." Sein Vorschlag wurde gerne angenommen. Es traf sich, dass in der Nähe der Endstation ein Wirtshaus war, das er gut kannte. Dort trafen sich die

Physiker einmal in der Woche abends nach dem Kolloquium zum Bier und zum Schwatz über Quantenphysik, Relativität, Mädchen und Motorräder und die Zusammenhänge zwischen diesen wichtigen Dingen, die das Studium begleiteten. Bier, Bratwurst und anderes Bodenständiges standen dort auf der Speisekarte. Gertrude schien unsicher oder verloren, „Gibt es auch etwas Vegetarisches?", frage sie. „Ja, ja, haben die auch", obgleich die Auswahl nur aus tiefgefrorenem Gemüse und Fisch bestand. Sie entschied sich für den Fisch, der erst in der Küche aufgetaut werden musste.

Sie holte tief Luft, als ob sie gleich mit einer wichtigen Rede anfangen wollte. „Weißt du, ich glaube, ich kann mit dem Computerzeug doch nicht weitermachen." Es schien ihr schwerzufallen, ihren Gedanken auszusprechen. Es wurde serviert. Ein Fisch mit Kartoffelpüree und lieblos auf dem Teller angeordnetem Gemüse und eine Schlachtplatte, mit dem gleichen Kartoffelpüree, aber ohne Gemüse. Sie wollte weiter erzählen: „Weißt du, ich habe nicht die Zeit dazu, ich habe da ein Angebot für einen tollen Nebenjob in der Uni." – „Aha, interessant, mach' doch, wenn es was einbringt." Es fiel ihr schwer weiterzuerzählen. „Du weißt doch, dass ich Medizin mache, oder?

Ein Job in der Anatomie." – „Na und? Mach doch", sagte er, während er sich in die Einzelheiten der Schlachtplatte vertiefte und dabei war, die Blutwurst mit einem langen Ventralschnitt zu öffnen. Das Innere der Wurst, Blut und Fleischbrocken bildeten eine Lache auf seinem Teller und vermengten sich mit dem Kartoffelbrei. Sie wich seinem Blick aus und sah auf ihren eigenen Teller mit dem Fisch, der ohne Kopf serviert worden war. Sie: „Ja, ich muss das schon erklären. Die in der Anatomie zahlen gutes Geld für einen Hilfsjob, der die Leichen zur Sektion für die Studenten fertig macht. Also waschen, richtig hinlegen, Ohrringe und Piercings mit der Kombizange entfernen, knack, manchmal auch ein Gebiss." Er tat so, als ob ihn die Einzelheiten der Beschreibung nicht sonderlich beeindruckten. Sie fügte hinzu: „Ja, und wenn die Studiosi nach ein, zwei Semestern fertig sind, und alles abgeschnippelt haben, dann muss das auch noch halbwegs geordnet, verpackt und in einen Sarg gelegt werden. Kopf oben, Beine unten, die inneren Organe im Plastikbeutel. Ist ja eigentlich egal, denn die kommen fast immer zur Feuerbestattung." Er versuchte sich immer noch unbewegt zu zeigen, obschon vor seinem geistigen Auge allerlei schlimme Bilder vorbeizogen. „Ja und was hat das alles mit mir zu tun?", fragte er. „Ach weißt du, ich brauchte halt jemand, mit dem ich darüber reden kann." Sie fing fast jeden Satz mit „Weißt du …" an. Er war in seinen Gedanken immer noch zwischen Schlachtplatte und Anatomie und verwirrt. „Weißt du, man darf halt nicht darüber nachdenken", und weiter, „Ich zeige dir das gerne mal, damit du dir davon ein Bild machen kannst. Die Anatomie ist nur drei Blocks von hier und auf dem Weg zum Busbahnhof. Ich habe einen Schlüssel." Nein! Er wollte sich kein Bild davon machen, nicht jetzt und nicht später. Seine Welt waren Formeln und mathematische Modelle, die das Universum erklären sollten aber keine Leichen. Nicht einmal tote Tiere, nicht einmal eine tote Maus in der Gosse.

Das Abendessen kam zum Ende, beide Teller waren nicht leer geworden. Er half ihr in den Mantel. Jetzt verstand er, dass der Dunst aus dem Mantel der von Formalin aus der Leichenhalle war; süß und doch stechend in der Nase. Sie liefen zusammen durch die Nacht zum Busbahnhof. Sie hatte sich eingehakt und so konnten sie im Gleichschritt durch die Nacht gehen. Nach zehn Minuten des Weges hielt sie an. „Hier, da …", und zeigte nach rechts, „…das ist das Institut für Anatomie." Sie zog ihn zu einem Fenster an der Seite des Gebäudes. „Von hier aus kann man es auch sehen …" Drinnen war blaues, flackerndes Licht, Betten oder

Bahren, auf denen, mit Tüchern abgedeckt, Körper lagen. „Hier, der hier vorne ist Herr Meier. Wir haben ihn gemeinsam so genannt, denn eigentlich weiß keiner, wie er wirklich heißt. Man hat ihn als Wohnungslosen vor dem Bahnhof aufgelesen. Er war schlimmer Alkoholiker; seine Leber war seltsam verbildet. Nach einem Jahr in der Totenhalle hat ihn keiner haben wollen, keine Familie, gar nichts. So kam er zu uns. Wir sorgen uns um ihn, halt nur anders." Es war schwer, sie zu unterbrechen. „Da hinten, wo das Licht flackert, liegt, Désirée. Sie hatte tolle Tattoos. Man sagte, dass sie von ihrem Zuhälter erstochen worden sei und später für die Anatomie gespendet wurde." Sie schien an ihrer Arbeit ein großes Interesse zu haben. Die Kadaver in der gekühlten Leichenhalle waren wie Freunde für sie. Sie recherchierte ihre Vergangenheit und sorgte sich sogar um ihre Zukunft.

Nach einiger Zeit, die sie am Fenster verbracht hatten, gingen sie weiter in die Richtung zum Busbahnhof. Sie fragte: „Hat dich das jetzt erschreckt? Weißt du, die meisten Leute haben Angst vor mir, wenn sie das gesehen haben." Er wusste nicht, was er antworten sollte. Es war keine Angst, aber der unmittelbare Anblick der Leichen war für ihn unangenehm.

„Kommst du noch mit zu mir? Für Musik und Rotwein? Oder praktische Anatomie? Oder wozu auch immer …?" Nein, das war heute nicht der Abend für Musik und Rotwein. Um die Einladung zu wiederholen flüsterte sie nahe an seinem Ohr: „Wir müssen nur ganz still sein, so wie vorhin die Leute in der Halle." Nein, er wollte heute nicht still und ruhig sein, schob ihren Arm beiseite und wandte sich zum Gehen. Er sah sich nicht mehr nach ihr um und ging dann mit großen Schritten durch die kalte Nacht, um endlich diesen Geruch zu vergessen.

4

Der Fährmann

Das Städtchen war von dem Fluss zerteilt. Auf der Ostseite standen noch ein Turm der alten Stadtmauer, die Kirche, ein Wirtshaus und das Gebäude mit der Verwaltung, dem Rat der Stadt und im Untergeschoss ein kleines Museum, das sich ‚Heimatmuseum' nannte, aber nur ein Sammelsurium von alten Gegenständen in dunklen Räumen zur Schau in Vitrinen angesammelt hatte. Nur selten kamen Besucher. Auf dieser Seite lagen die steilen Weinberge, die im Herbst von der Abendsonne gewärmt wurden, hier wurde der Wein gekeltert und ausgebaut.

Auf der gegenüberliegenden Seite, im Westen des Flusses, waren die Schule, ein kleines Postamt, eine Ziegelei, die den Lehm der Flussaue verarbeitete, und ein winziger Laden, der mit einem Angebot von Kolonialwaren warb, aber im Wesentlichen nur frische Milch, Backwaren und Agrarprodukte, Kartoffeln und Gemüse aus den nächsten Dörfern anbot. Der Laden wurde von einer etwas pummeligen Witwe bewirtschaftet. Sie hatte keine Kinder. Ihr früherer Lebensgefährte war in jungen Jahren beim Baumfällen am Rande eines Wäldchens auf der Ostseite aus dem Leben gerissen worden. Böse Nachrede behauptete, dass sie pagane Riten betrieb, dass sie in Neumondnächten alleine auf den Friedhof ging und andere Einzelheiten, die die einfachen Stadtleute nicht verstanden. Kaum jemand, außer dem Pfarrer und dem Postboten, kannte ihren vollen Namen, niemand sprach mit ihr.

Die Westseite des Städtchens war wenig pittoresk, hatte keine Fachwerkbauten und nicht einmal einen kleinen Rest der Stadtmauer, war aber wirtschaftlich stärker. Von dieser Westseite führte eine gute Straße in die Provinzhautstadt, wo es einen Bahnhof gab, an dem täglich einige regionale Züge hielten, es gab ein Gymnasium und ein Kino, das allerdings seit Jahren keine Filme mehr zeigte und jetzt gelegentlich als Lagerhaus, oder an mehrere Wochenenden im Jahr, als Markthalle für Trödelkram diente. Manchmal brachten Jungen aus der Gegend ein Hufeisen, Münzen, eine Degenklinge oder anderes Kriegswerkzeug, das meist längst vom Rost zerfressen und in einem solchem Zustand kaum zu verkaufen war.

Die beiden Seiten der Stadt brauchten einander. Wohl gab es von der Ostseite mit dem Rathaus eine Straße, die in die Provinzhauptstadt geführt hätte, aber diese war in einem schlechten Zustand. Die Fahrt zur Provinzhauptstadt führte in Serpentinen über steile Hänge und für etwa einen Kilometer durch einen finsteren Laubwald, den niemand gerne betrat. Man munkelte, dass dort Soldaten eines lange vergangen Krieges als Untote umgingen; Schweden oder Franzosen. Oder Russen? Einmal behauptete ein Kleinbauer, dass dort am Waldrand zwei seiner Weidetiere verschwunden sein sollten. In der gleichen Nacht, so berichteten Andere, hätten sie dort der Geruch von Lagerfeuer und Gebratenem ausgemacht.

Die Fahrt von der Ostseite – ohne eine direkte Flussüberquerung – in die nahe Provinzstadt verschlang die meiste Zeit eines Tages für die Hin- und Herreise und war selten angenehm. Fahrzeuge hatten unerklärbare Pannen und der früher einmal eingerichtete Busverkehr gab nach wenigen Monaten ohne Erklärung seinen Betrieb auf.

Die beiden Seiten der Kleinstadt brauchten eine Verbindung. Schon lange war es klar geworden, dass nur eine Brücke über den Fluss die ideale Verbindung der beiden Seiten sein könnte. Doch eine Brücke, oft geplant, wurde nie gebaut. Einmal verschwanden die zugesagten Gelder in der Verwaltung. Ein andermal wurde die Planung der Brücke vom zuständigen Landesamt als technisch unzureichend verworfen. Der letzte Versuch, diese Brücke, die nun endlich verbinden sollte, was zusammen gehört hatte, zu bauen, wurde von Hochwasser und monatelangem schlechten Wetter gestört. Die Baumaschinen und Kräne der beauftragten Firma wurden im Winter von Eis blockiert und dann im Frühjahr weggeschwemmt oder versanken metertief im Schlamm der überfluteten Flussaue. Es schien gerade so, als ob sich finstere Mächte verschworen hätten, den Bau dieser Brücke niemals zuzulassen.

Wie jeden zweiten Donnerstag im Monat tagte der Rat der Stadt. Da die Weinernte in wenigen Wochen anstand, wurde dem Antrag stattgegeben, doch noch – wenigstens ein einziges, letztes Mal – über eine Anbindung an den anderen Stadtteil zu beraten. Man erinnerte sich daran, dass die Ortschaften früher mit einer Fähre verbunden waren und befand, dass man diese Art des Anschlusses zumindest noch einmal versuchen sollte. Die alte Fähre war in einem Schuppen gelagert und könnte, wenn man es nur wollte, mit wenig Arbeit wieder in einen betriebsbereiten Zustand gebracht werden. Der Rat kehrte sich wenig um die technischen Einzelheiten der Fähre, um Fragen, ob, wo und wie eine formale Betriebserlaubnis für so einen Kahn beantragt werden müsste, oder um andere Notwendigkeiten, eine Fähre durch ein Binnengewässer zu betreiben. Die Hauptsorge der Räte war es, einen geeigneten Fährmann zu finden. Man beschloss, einen Aushang am Schwarzen Brett der Stadt und auch Flugblätter zu verteilen, um einen geeigneten Mann für diese schwere und eintönige Arbeit zu finden. Der Beschluss des Rates war eher ein allerletzter Versuch, das alte Problem anzugehen und war von wenig Hoffnung getragen.

Doch nur drei Wochen, nachdem die Nachricht an dem Schwarzen Brett ausgehängt worden war, und die Flugblätter bis in die Provinzhauptstadt getragen worden waren, meldete sich ein Bewerber auf die Stelle des Fährmanns. Es war eine große, stattliche Mannsgestalt, der man ansah, dass sie schwerer Arbeit nie aus dem Weg gegangen war. Der Mann wollte sich im Ratsgebäude vorstellen, aber ein Teil der Räte war längst nach Hause gegangen, die anderen bestellten sich Wein und Essen im Wirtshaus, weil sie noch nicht heim wollten, wo Frau und Kinder warteten. Der Hausmeister, der das Rathaus zum Abend abschließen wollte, riet ihm am nächsten Tag, morgens doch noch einmal vorzusprechen, man hätte ja noch keinen einzigen Bewerber für die Arbeit auf der Flussfähre. Die Sache wäre wichtig genug, um es noch einmal zu versuchen.

Am nächsten Tag hatten die Räte ausgeschlafen und ließen den Fremden in den Sitzungssaal eintreten, um ihn anzuhören und zu befragen.

Der Fremde hatte seinen Hut abgenommen. Er war einfach angezogen; man sah, dass seine Kleidung nicht neu war und vor ihm schon von Anderen getragen worden war. Dagegen waren seine Kleider ordentlich, der Mantel, an einigen Stellen geflickt und repariert. Doch man sah auch, dass die Reparaturen von geübter Hand angebracht worden waren, die Stiche, geschickt, sauber und eng; jeder Knopf saß an der richtigen Stelle. Sein Leibriemen war ein militärisches Koppel unbekannter Herkunft. Er trug sein volles, leicht ergrautes Haar lang, so wie es fahrende Gesellen gerne an sich zeigten. Seine Finger waren sauber, die Nägel gepflegt und kurz. Zu seinen Füßen hatte er ein Bündel abgelegt, einen geschickt geschnürten Sack, den er zuvor auf der linken Schulter getragen hatte.

Der Mann hatte keine Papiere mitgebracht, er hatte keine Zeugnisse und keine Referenzen. Fragen nach seiner Vergangenheit, früherer Arbeit, Geburtsort oder Geburtstag konnte er nicht beantworten. Die Nachforschungen in sein Vorleben quälten ihn sichtbar; sein Unwissen schien ihm peinlich zu sein und war nicht vorgetäuscht. Seine Sprache war neutral und zeigte nicht die geringsten sprachlichen Einflüsse oder Dialektfarbe, die auf seinen Ursprung hätten schließen lassen. „So, du willst also hier scharniegeln?", fragte einer der Räte und versuchte so herauszufinden, ob der Aspirant ein Wandergeselle sei. Der Mann verstand die Frage nicht, das Wort war nicht in seinem Vokabular. Ein anderer der Räte fragte: „Was hast du in dem Sack? Zeig doch mal her!" Seine

Augen leuchteten kurz auf. „Das ist meine Musik, aber niemand will sie hören", und er zeigte einen Teil eines schwarzen Musikinstrumentes, wobei es nicht auszumachen war, ob es sich um eine Schalmei, eine Flöte oder ein anderes Blasinstrument aus Holz handelte.

„Also gut, du willst hier arbeiten und wir brauchen einen Fährmann", lenkte einer der Räte ein. „Du kannst hier anfangen – aber nur zur Probe. Wir wollen sehen, ob du ein rechtschaffener Kerl bist, der Gott fürchtet (zeigte dabei auf den Kirchturm vor dem Rathausfenster), oder ein hergelaufener Brigant. Komm in zwei Wochen wieder. Dann ist die Fähre fertig und dort kannst du einstweilen schlafen und wohnen, bis du etwas Besseres gefunden hast."

Der Mann verbeugte sich manierlich, griff zu seinem Hut, den er noch vor seine Brust hielt, während er sich bedankte und sich verabschiedete. Die Verbeugung und der Abschied hatten etwas Formales, etwas Erlerntes, die Anmutung eines militärischen Rituals. Als er sich schon zum Gehen gewandt hatte, sagte er noch: „Ich werde am Tag nach Martini wieder hier sein." Der Rat, der ihn so ausführlich befragt hatte, rief ihm noch nach:

„Willst du denn nicht wissen, was du als Lohn für deine Arbeit bekommst?" – „Nein", sagte er, „nein, Herr Rat, es wird alles gut sein. Danke."

Am Tag nach Martini, dem letzten Markttag vor Weihnachten, kam der seltsame Fremde zurück, um seine Stelle anzutreten. Es war eine gute Zeit. Die Ernte war reichlich und fertig eingefahren. Auch der Wein war wohl geraten und versprach bis zum nächsten Jahr zu einem guten Getränk zu reifen.

Die Fähre war von der Konstruktion her eine Gierfähre, ein primitives Wasserfahrzeug, das ohne Motor und nur durch die Strömung des Flusses getrieben von einem Ufer an das gegenüberliegende navigieren konnte. An jedem Ufer hatte sie Anschluss an elektrischen Strom und konnte nachts bunte Lichtergirlanden zeigen und den Fährmann mit Strom zum Kochen und zum Erwärmen seiner winzigen Unterkunft versorgen. Die Bürger auf beiden Seiten des Flusses freuten sich über das neue Gefährt und fuhren in den folgenden Tagen alleinig zum reinen Vergnügen auf die andere Seite des Flusses und wieder zurück.

Die Frau, die den Kolonialwarenladen betrieb, war so erfreut, dass sie dem Fährmann zusätzlich zu dem üblichen Obolus für das Übersetzen noch

eine Tüte mit allerlei unverkauften Backwaren zu-
steckte. Es war Gebäck, das sie am Ende des Tages
nicht mehr verkaufen konnte und das allenfalls
noch als Schweinefutter am nächsten Tag zu ver-
werten war, das aber am Abend noch frisch genug
und wohlriechend war, um dem neuen Fährmann
zum Abendbrot zu gereichen. An bestimmten Tagen im Monat waren die Brote mit Linien und geometrischen Figuren verziert, die unendliche
Schleifen oder, ein andermal, keltischen Symbolen
ähnlich sahen. Der Mann nahm die Gaben dan-
kend, aber mit nur wenigen Worten an. Er genoss
das Gebäck, lehnte aber Mahlzeiten mit Fleisch
ohne weitere Erklärung ab. Später im Jahr, es wurde täglich kälter und während der Nächte frostig,
kam die Händlerin schon früh am Morgen an den
Fluss, um dem Mann eine Kanne mit heißem Tee
oder Hühnersuppe an den Steg zu stellen oder,
wenn die Fähre schon angelegt hatte, auch vor die
Tür seiner Kajüte zu bringen.

Für die Kinder, die am östlichen Ufer lebten,
aber im Westen in die Schule gehen mussten, war
die neue Fähre eine willkommene Erleichterung.
Die Zeit für den Schulweg verkürzte sich von langen Stunden im Autobus zu gerade einmal zwanzig
Minuten auf der Flussfähre und einem kurzen
Fußweg. Die Größeren, die jungen Burschen und

Mädchen, die das Gymnasium besuchten, konnten so jeden Tag nach Hause kommen und mussten nicht die ganze Woche in dem ungeliebten Internat der Provinzstadt verbringen. Der Fährmann sorgte sich um die Kinder und war frühmorgens und mittags immer rechtzeitig an der richtigen Anlegestelle, jeweils zum Schulanfang und zum Ende des Unterrichts, sodass die Kinder nicht warten mussten. Auch die Kinder mochten ihn, denn er hatte oft eine gute Belehrung für Fragen, die zu Hause oder in der Schule unbeantwortet geblieben waren oder dort besser gar nicht gestellt werden sollten. Selbst der Rat schien zufrieden und sandte an jedem Ultimo den Hausmeister mit dem kleinen Arbeitslohn zu der Fähre, um dem Mann die Mühe zu ersparen, selbst in das Rathaus kommen und um die Auszahlung seines Entgelts nachzufragen. Vielleicht wollte man ihm auch gar nicht begegnen.

Die Monate vergingen und die Stadt, die so lange durch den Fluss geteilt und zerrissen war, wuchs wieder zusammen. In manchen Nächten hörte man, wie der Mann auf der Fähre sein Instrument spielte. Der helle und durchdringende Ton seiner Schalmei (genauer eine Ciaramella) trug weit über das Wasser und verleitete, meist bei Neumond, manche Tiere zu seltsamem Verhalten. Hunde heulten bis zum Morgen in die Nacht hinaus, ohne sich zu beruhigen, Katzen verstecken sich im Stall und die Pferde begannen stundenlang mit Kopf und Hals zu wiegen, zu ,weben'. In einer dieser Nächte wurde ein Kalb tot geboren. Da der scharfe Schalmeiton nicht allzu oft zu hören war, ließ man den Mann gewähren. Der Rat sah auch gerne darüber hinweg, dass die Witwe aus dem Kolonialwarenladen oft länger auf dem Fährschiff blieb, als es für das Ablegen einer Mahlzeit gebraucht hätte. Hatte sich doch der Fremde doch um alles gekümmert, von seinem eigenen Geld Farbe gekauft, um den Kahn sauber weiß und rot anzustreichen. Die Tampen und Taue an der Fähre waren von fachkundiger Hand tadellos gespleißt. Der Mann, der das geschafft hatte, verstand sein Handwerk.

Später im Jahr, im Sommer, kam eine Studentin aus dem Süden Frankreichs in die geteilte Stadt. Sie war auf einem Motorrad angereist, um in dem Heimatmuseum auf der Ostseite etwas Geschichtliches für ihre Doktorarbeit zu recherchieren. Der Fährmann geleitete sie, obwohl er sonst nur selten seine Arbeitsstädte verließ, zu dem Ratsgebäude. Es sprach sich schnell auf beiden Seiten der Stadt herum, dass der Fährmann die Fragen der jungen Frau in allerschönster französischer Hochsprache beantwortet, und die junge

Dame dann noch in einen galanten Dialog einge-
bunden hatte. Die Studentin suchte Dokumente
über den Krieg und Hinweise zu dem, was sich damals in dem Wäldchen zugetragen haben mochte.
Sie hatte ein Notizbuch mit Kartenskizzen des Ge-
bietes bei sich, wollte diese aber unter keinen Umständen herzeigen. Sie blieb nur einen Tag und
setzte bei Sonnenuntergang samt ihres Motorrades
wieder auf die Westseite über, um weiterzufahren.
Ein gemeinsames Angebot des Fährmannes und
des Kurators des Heimatmuseums, sie zu ihren
Forschungen in das Wäldchen auf dem Berg zu be-
gleiten, damit sie sich dort in Ruhe umsehen könnte, schlug sie nachdrücklich aus: *„Non, non, tout à
fait non! Adieu!"*

Der immer noch namenlose Fremde, so be-
liebt er in dem Städtchen auch war, wurde dadurch noch fremdartiger und noch unvertrauter.
Man mochte ihn, aber er war unheimlich. Wo kam
er her? Warum konnte er französisch sprechen?
Und warum, so frugen sie sich, warum nur sollte
so ein kräftiger Mann, der – wie man auch sah –
gesund, stark und handwerklich geschickt war,
warum sollte sich ein solcher Mensch mit der harten Arbeit auf einer Flussfähre und dem kleinen
Salär zufriedengeben und nicht nach Besserem suchen wollen? War er ein Spion? War er ein gesuch-

ter Verbrecher oder Deserteur, der sich hier versteckte? Waren die Kinder der Stadt wirklich sicher vor dem geheimnisvollen Fremdling? Was waren seine Pläne? was wollte er hier?

Der Herbst kam. Nicht wie im Vorjahr mit einer reichen Ernte, sondern mit frühem Frost, der den Wein verdarb und Regen, der auch den Fluss anschwellen ließ. Ein Sturm zerstörte das Dach des Kirchturms; die Uhr lief nicht mehr, das Läutwerk verrostete und blieb stumm. Es gab ein Feuer, das mehrere Scheunen mitsamt der spärlichen Ernte vernichtete. In einigen Höfen wurden Tiere krank und lagen am Morgen, als sie gefüttert werden sollten, tot im Stall. Es war abzusehen, dass ein schlimmer Winter bevorstand. Und so kam es. Der Dezember war frostkalt, nicht einmal an Weihnachten konnten die Glocken zur Mitternachtsmesse geläutet werden. Als Ersatz brachte man ein Bläserquartett aus der Kreisstadt, das als Ausgleich für das stumme Geläut geistliche Lieder vom Turm blasen sollten. Beim Aufstieg in den Turm stürzte der Trompeter auf der vereisten Treppe so unglücklich, dass er sich einen Zahn ausschlug und mit seinen blutigen Lippen nicht mehr musizieren konnte. Er stieg ab und verließ die Kirche mit einem groben Fluch, während seine Freunde, nunmehr nur zu dritt und ohne ein Sopraninstrument, mit dem Turmblasen begannen. Kurz nach Mitternacht gingen die Bläser mit langen Schritten zur Fähre, um wieder an das Westufer überzusetzen. Keiner wollte auch nur eine Stunde länger bleiben. Alle schlugen die Einladungen in eine warme Stube und für ein gutes Nachtessen aus.

Es war die letzte Fahrt der Fähre in diesem Jahr. Der Fluss vereiste, dicke Schollen trieben in der Strömung und verkeilten sich derart, dass die Fähre – jetzt auf der Ostseite – nicht mehr zu bewegen war. Das Eis währte bis weit in den März des nächsten Jahres. Der Fährmann hatte keine Arbeit und, mit dem Gefährt festgefroren am Ostufer, war so auch von den milden Gaben und warmen Suppen der dicken Witwe abgeschnitten. Sein Arbeitslohn wurde auch nicht mehr vom Hausmeister des Rathauses an den Kahn gebracht, der Fährmann musste es sich abholen. Bei dieser Gelegenheit ließ man ihn wissen, er solle sich doch derweil für andere Arbeiten bereithalten. Er könne mit einer Axt beim Schlachten von Schweinen und Ochsen helfen. Die Tierhäute dürfe er behalten und später im Frühjahr, wenn das Eis getaut war, in der Provinzstadt verkaufen. Er tat wie ihm aufgetragen war, aber man sah, dass ihm die Schlachterarbeit und das Zerwerken der Tierkadaver zu-

wider war und er die Handlungen mit allergrößter
Abscheu ausführte, so wie jemand, der in seinem
Leben entweder nie oder viel zu oft Blut gesehen
hatte.

Die Felle und Schwarten lagerten auf der Fähre und froren steif zu Eis, vor der Tür des Aufbaus,
in dem er sein Nachtquartier hatte. Blut tropfte
von den Häuten, bevor Kälte und Schnee den ekel-
haften Haufen nur unzureichend verbergen konnten. Zuoberst lag die Decke eines alten Schimmels,
den er abschlachten musste, weil sein Besitzer, einer der Räte, meinte, es sei zu teuer, das alte nutz-
lose Tier durch den Winter zu füttern. Es fiel auf,
dass gerade in dieser Zeit, in der nur wenig zu tun
war, in diesen einsamen Nächten, der Ton seiner
Schalmei nicht mehr zu hören war. Man sah den
Fährmann nachts in seiner Kabine, bewegungslos
sitzend, ohne Musik und sichtlich ohne jede Freude. Man sah, wie er auf das Eis vor dem Kahn
starrte, öfter jedoch in den Himmel, wobei es ohne
Belang war, ob die Nacht sternenklar oder von
Wolken finster war. Es war der Anblick eines Ge-
fangenen. Gefangen von den Umständen und dem
harten Winterwetter.

Der Frühling kam über das Land, das Eis taute
und die dicken Schollen schmolzen in wenigen Tagen, schneller, als man es erwarten konnte. Die

Fähre hatte den Winter ohne wesentliche Schäden überstanden, war aber von den Häuten schmutzig und schmierig geworden und hatte den üblen Geruch von verwesendem Fleisch und Kadaver angenommen. Schon bei der ersten Überfahrt waren viele Schulkinder an Bord. Sie konnten während des harten Winters wochenlang nicht zum Unterricht und freuten sich jetzt, wieder ihre Kameraden vom anderen Ufer zu treffen. Entgegen seiner Gewohnheit verließ der Mann seinen Kahn am Westufer, nahm sein Instrument zur Hand und blies eine laute Melodie und ging den Kindern voran zur Schule. Beim Vorbeigehen an dem Kolonialwarenladen hielt er kurz inne und winkte der Witwe in ihrem Laden zu. Er ging mit leichten Schritten, schien beschwingt endlich frei von Eis und Kälte zu sein und froh, wieder seine Arbeit verrichten zu können. Vom Schulhaus ging er stracks wieder zurück zu seinem Kahn. Man sah, wie er die Tierhäute mittels einer Latte, eine nach der anderen, vom nassen Deck in den Fluss schob, wo sie zusammen mit den letzten Eisschollen von der Strömung weggeschafft wurden. Er wollte für die Häute kein Geld. Dann goss er aus einem Kanister eine Flüssigkeit, wahrscheinlich Benzin, über das Deck der Fähre, mit der Absicht, es von Fett und Blut zu säubern.

In Sekunden entstand ein Feuersturm, der nicht zu löschen war. Dabei verbrannte auch das verbliebene Fett von den Häuten. Es entstand ein grässlicher Gestank und schwarzer Rauch, der vom Westwind des Frühjahrs langsam in die Stadthälfte an der Ostseite getrieben wurde. Dann verbrannten die Taue, die die Fähre immer in ihrer Position halten sollten. Das Gefährt trieb mit der Strömung ab und wurde am übernächsten Tag, völlig ausgebrannt, mehrere Kilometer flussab im Ufergestrüpp ausgemacht. Der Fremdling, der auf der Fähre zwei Jahre lang gearbeitet hatte, war verschwunden. Seine verbrannten Reste, die man auf der Fähre vermutet hatte, wurden auf dem havarierten Flussgefährt nicht gefunden.

Die Schulkinder, die an diesem Tag so fröhlich zu ihrer Bildungsanstalt eskortiert worden waren, mussten nachmittags in kleinen Gruppen mit einem kleinen, wackeligen Fischerkahn übersetzen. Die Letzten warteten bis in die Abendstunden, um nach Hause zu kommen.

Die Witwe, die den Kolonialwarenladen betrieb, wurde zunächst nicht vermisst. Einige Tage, nachdem die Fähre verbrannt war, fanden die Schulkinder den Eingang zu ihrem Laden unverschlossen, die Verkaufsvitrinen und das Schaufenster in Unordnung. Auch ihre Wohnung über dem Laden zeigte alle Zeichen eines Durcheinanders, das jemand dann hinterlässt, wenn er (oder sie?) in wilder Eile einige wichtige Gegenstände zusammenrafft. War sie überfallen worden? Oder war sie in Hast und mit unbestimmtem Ziel abgereist? Die Kinder, die ihre Kommode durchwühlten, fanden drei dicke Packen von Briefen und Urkunden, handgeschrieben in einer fremden Sprache und einer Kalligraphie, die schon vor mehr als hundert Jahren aus dem Gebrauch gekommen war. Da niemand den Sinn dieser Schriften verstand, wurde abgewogen, ob diese Papiere besser an die Polizei oder aber an das Heimatmuseum übergeben werden sollten. Man entschied sich nach langer Überlegung für das Museum.

Der Brand der Fähre, die – wie man jetzt herausfand (oder erst jetzt wahrhaben wollte) – gar nicht zum Personentransport zugelassen war, das fast zeitgleiche Verschwinden des Fremden und der Frau aus dem Bäckerladen war ungewöhnlich genug, dass die Regionalzeitungen darüber berichteten. Die Journaille war dankbar für diese griffige Geschichte, mit der sie Tod, Schäferstündchen im Fährhaus und Magie so schön verbreiten und, das, was noch unbekannt war, mit wilden Mutmaßungen ausfüllen konnten.

Das schrille und landesweite Presseecho der Provinzereignisse brachte die zwei Gemeinden wieder zurück in die Erinnerung der Landesverwaltung, die sogleich wieder mit der Planung einer neuen Brücke begann (die, wie wir heute wissen, auch nie gebaut wurde). Auch das Buchenwäldchen auf dem Hügel, das vielen Angst machte, zog die Aufmerksamkeit der Obrigkeit auf sich. Gleich zwei Ämter hielten sich für zuständig. Das eine, das mit der Vermessung befasst war, fand, dass das ‚sog. Wäldchen' gar keine Flurnummer hatte, folglich gar keiner Gemeinde zugeordnet werden konnte, und – da es nie amtlich erfasst, beschrieben und kartiert worden war – eigentlich gar nicht existieren dürfte. Das andere Amt, das, das die Vergangenheit des Landes verwaltete, fand jetzt alte Dokumente in seinem Archiv, die sich auf das ‚sog. Wäldchen' bezogen. Niemand, außer einem Spezialisten, konnte die alten Schriften entziffern. Man wusste aus anderen wenigen Dokumenten, die schon ausgewertet worden waren, dass dort in ferner Vergangenheit Vorbereitungen und Aufstellungen zu einer Schlacht stattgefunden hatten. Zum genauen Hergang dieser Ereignisse fehlten allerdings die Unterlagen und der Index der Behörde zeigte, dass dort zwei oder drei Packen von Dokumenten aus dem Archiv entfernt worden waren und die seither als verschwunden in den Katalogen der Sammlung geführt wurden.

Nach ganzen zwei Jahren, die die Überlegungen in der Behörde gedauert hatten, wurde das ,sog. Wäldchen' im Sinne der gültigen Rechtslage nummeriert und dann der Gemeinde im Osten zugeschlagen, wo der Rat sofort beschloss, das neue Flurstück zu roden und in Ackerland umzuwandeln.

Die Rodung des Buchenwäldchens schritt schnell voran und war in wenigen Wochen abgeschlossen. Ein Teil des Holzes wurde als Feuerholz eingelagert, der andere Teil verkaufte sich gut und der Erlös wurde vom Rat zur Ausgestaltung des Heimatmuseums vorgesehen. Im Gegensatz zu der Rodung des Waldes gestaltete sich das erste Beackern des vormaligen Waldes als unerwartet schwierig. Immer wieder fanden sich in der Erde Eisenklumpen, die mit den Wurzeln der alten Bäume verwachsen waren, und so die Pflugscharen unbrauchbar machten.

Ein besonders großer Baum in der Mitte des Wäldchens war mit eisernen Nägeln beschlagen und konnte nicht gefällt werden, ohne das Werkzeug, Äxte und Sägen, zu ruinieren. Die Nägel in

der Rinde waren in seltsamen Mustern angeord-
net, welche aramäischen Schriftzeichen ähnelten.
Da der Baum unmöglich zu fällen war, ließ man
ihn einfach stehen, fertigte eine Ruhebank an, von
der man Aussicht auf das Flusstal hatte und nagel-
te auf den jetzt einsam im Wind stehenden Baum
ein Christenkreuz, das nach Westen, zum Fluss hin
zur Nachbargemeinde blickte, die keine Kirche,
aber ein Postamt hatte.

5

Der Hellseher

Man sagte, der Mann könne die Zukunft voraussehen. Er hatte das auch hin und wieder über sich selbst gesagt, aber keineswegs so gemeint. Einige Menschen glaubten ihm. Er betrieb eine kleine Bude am Jahrmarkt und bei Volksfesten, in der er seiner Arbeit nachging und versuchte, anderen Menschen zu vermitteln, was ihre Zukunft ihnen brächte. In den Wintermonaten oder zu Zeiten, da er des Reisens leid war, gab er Kleinanzeigen in der Stadtzeitung auf und war anfangs verblüfft, wie lebhaft die Nachfrage nach seinen Weissagungen war. Er hatte einige Bücher gelesen, wie man mit Menschen umgeht, wie man ihr Vertrauen erlangt und wie man ihnen das erzählt, was sie hören wollen. Es waren Bücher, die Leute aus den Marketing- und Werbeabteilungen schrieben viel, ohne genau zu wissen, worüber sie redeten. So wie er, der in seinen Sitzungen viel sprach, aber nur wenig sagte.

Er hatte ein Leben als Versicherungsmathematiker hinter sich und nun sein Pensionsalter erreicht. Früher arbeitete er für einen Assekuranzbetrieb und berechnete Tabellen, wie lange Menschen voraussichtlich noch leben würden, damit die Firma mit ihren Lebensversicherungen einen schönen Profit aufschreiben konnte, denn es war für die Firma umso profitabler, je früher der Mensch starb. Ein andermal musste er ausrechnen, wie viele Menschen bei Reiseunfällen mit dem Auto oder dem Flugzeug in den nächsten Jahren sterben würden. Einst hatte er mit dem Studium der Mathematik begonnen, um so tiefer in die wundervolle Welt der absoluten Abstraktion einzudringen. Leider fand er selten, fast nie, einen Menschen, mit dem er seine Einsichten teilen konnte, und noch weniger eine Frau, die geneigt gewesen wäre, ihr ganzes Leben mit ihm zu verbringen. Also blieb er alleine, lebte alleine und ar-

beitete alleine. Es schien ihm so zu gefallen, zumindest vermittelte er seinen Kollegen den Eindruck, dass er in seinem Leben nichts vermisse. Er
hatte ja seine Zahlen und Modelle, die ihm die
Welt erklärten, zumindest einen Teil davon. Aber
jetzt tat es ihm gut, mit Menschen zu reden. Er
hatte sein ganzes Leben kaum mit jemandem gesprochen.

Das Geschäft mit der Zukunft lief gut, überraschend gut. Er wurde nicht reich von seinen Ein-
künften, hatte aber genug, um die Miete zu bezahlen, oder ein Hotel der einfachen Art, wenn er mit
den Schaustellern in einer anderen Stadt unterwegs war, ‚gastierte‘, wie er es nannte. Seine Kli-
entel war gemischt, sogar junge Burschen und
Mädchen kamen, um sich die Zukunft vorhersagen
zu lassen oder um einen Rat für ihr Liebesleben zu
erfragen. Die Mehrzahl seiner Kundschaft waren
ältere Menschen, nicht selten solche, die keinen
Partner mehr im Leben hatten, und die sich sorg-
ten, wie ihr einsames Leben weitergehen – oder
enden – würde. Mancher hatte die letzten Jahre
Weihnachten nur mit seinem Haustier gefeiert und
sorgte sich, wer sich nach ihrem Ableben (so
nannte man das Ereignis in der Versicherung) um
ihre Katze kümmern würde. Es ging in vielen solchen Fällen ganz und gar nicht darum, eine akku-

rate Darstellung möglicher Ereignisse in der Zukunft herauszuarbeiten und gegeneinander abzuwägen. Ganz im Gegenteil, seine Arbeit bestand darin zuzuhören, wie die Menschen ihre traurigen Schicksale beschrieben und dann hoffnungsfrohe Situationen zu ersinnen, wie manches, ach so vertracktes, sinnloses, Leben doch einen Sinn und eine gute Zukunft haben könnte.

Im Gegensatz zu seinen Voraussagen waren manche Besucher – er nannte sie Klienten – unbefriedigt von seiner Erscheinung; oft erwarteten sie eine Frau, mystische Lichter, Gerüche und die Paraphernalien, die üblicherweise beruflich wahrsagende Weibspersonen in Filmen oder in illustrierten Magazinen um sich gruppieren. Sie suchten eine liebe Hexe oder zumindest eine Frau mit langem schwarzen Haar, beeindruckendem Dekolletée (um von ihrer Vorhersage abzulenken?) und mit dem Akzent einer Zigeunerin aus der Camargue, selbst dann, wenn diese Art zu sprechen nur angelernt war und entsprechend falsch und billig klang. Aber sowohl unser Hellseher als auch alle hellsehenden Frauen hatten gut verstanden, dass es in ihrem Geschäftsfeld wichtig ist, die Erwartungen der Klienten auf gar keinen Fall zu enttäuschen. Er konnte diese Maskerade nicht anbieten und kleidete sich zur Arbeit, soweit es seine Situation zuließ, altmodisch, den ‚feinen Herrn' gebend. Von unten nach oben beschrieben trug er zweifarbig braun-weiße Schuhe, die ehemals Step-Tanz-Schuhe waren, an denen er aber das Klack-Klack der Spitzen und Hacken mit Klebeband entschärft hatte. Die Hose, weit geschnitten, war gestreift (‚Stresemann') und wurde oben von einem grauen Kummerbund abgeschlossen. Er trug eine weiße Hemdbrust und dazu passend ein Hemd mit Vatermörder-Stehkragen samt schwarzer Seidenschleife, die er jeden Tag neu und korrekt vor dem Spiegel band. Wie nach dieser Beschreibung zu erwarten, war darüber ein schwarzer Gehrock, genauer ein Cutaway-Jackett, an dem er auch noch – der Vollständigkeit halber – ein rosafarbenes Einstecktuch und eine weiße Nelke am Revers trug. Mit solcher Garderobe hätte er bei jeder bürgerlich-altmodischen Hochzeit als Bräutigam oder zumindest als Trauzeuge in einem Mafia-Film auftreten können.

Die Aufmachung hatte Nachteile. Sie war in seinem kleinen Kabuff am Eingang des Volksfestplatzes, besonders im Sommer, viel zu warm, weshalb er unbedingt auf Kerzen und Petroleumfunzeln, die vielleicht die richtige Stimmung verbreitet hätten, verzichten und auf ein technisch höher entwickelte Beleuchtungssystem zurückgreifen musste. Zwar erschien dies nicht allen Klienten stilgerecht, bedeuteten aber, wegen der Feuersicherheit, einen wesentlichen Abschlag bei der Versicherung seines Kleingewerbebetriebes. Er erschien immer ohne Hut. Zwar besaß er einen faltbaren Zylinderhut (*chapeau claque*), doch dieser war für seinen Kopf, möge man ihn Dickschädel nennen, viel zu klein. Alle Versuche, im Fundus des Stadttheaters oder auf dem monatlichen Flohmarkt eine andere passende Kopfbedeckung zu finden, waren fehlgeschlagen. Also weissagte er über die Zukunft der Welt und der Menschen, ohne Hut, nur mit grauem Haar.

Im Gegensatz zu seinen weiblichen Berufskollegen verzichtete er auch auf Tarotkarten, Hasenpfoten oder lebende Tiere in seinem Arbeitsraum. So hatte er keine schwarze Katze auf dem Schoss und keinen Papagei, der hinter ihm ge-sessen, und mit seinem Geschrei die Gespräche unterbrochen hätte. Der Beratungsraum war dunkel. Der einzige Gegenstand war eine große Glaskugel auf dem Tisch vor ihm – die Besucher nannten sie ‚Kristallkugel' – die von der Basis her durch eine winzige Lichtquelle mit wechselnden Farben angeleuchtet wurde. Es war ein einfacher, banaler Effekt, der aber gut zu dem Jahrmarktsgeschehen darum herum passte. Unter dem Tisch, außer dem Sichtbereich der Kunden, war eine kleine Schachtel, in der er das Bargeld für seine Beratungen ablegte. Daneben, gleichfalls unter dem Tisch und ausser Sicht, Wischpapier, das dann gebraucht wurde, wenn ein Kunde zu emotional geworden war und sich Tränen aus den Augen trocknen musste. Es wurde oft gebraucht. Wenn gerade keine Klienten um Rat fragten, nahm er die Tageszeitung zur Hand oder – seltener – eine ältere Ausgabe einer Fachzeitschrift, die er noch nicht gelesen hatte. Er hatte einige Jahrgänge der ‚Acta Mathematica‘, die er seit einiger Zeit gesammelt hatte, um sie in einem ruhigen Moment durchzuarbeiten. Bei einigen der Aufsätze war er verblüfft, wie ähnlich manches mathematische Problem den Lebensproblemen der Menschen war. Anfangs schwer zu verstehen, die Antwort ungewiss, aber wenn er das Problem strukturiert und durchdacht hatte, schien die Auflösung möglich. Mit diesen Gedanken vertrieb er sich die Zeit.

Er brauchte keine Karten, keinen Kaffeesatz und auch nicht das Studium der Handlinien. Es genügte ihm, die eintretende Person sorgfältig zu betrachten. Ging sie aufrecht oder schwerfällig, gebückt, mit festen Schritten oder schlurfend? Wie war die Kleidung? Neu oder oft getragen, sorgsam ausgewählt und zusammengestellt? Modisch oder hausbacken? Er war selbst verblüfft, wie treffend er seine Kundschaft einordnen konnte, lange bevor sie auch nur ein einziges Wort oder einen Gruß gesprochen hatten. Dies war nicht das Einzige, was ihn beklommen machte.

Oft machte er sich Notizen am Rande der Zeitungen, die er tagsüber gelesen hatte, meist zu Meldungen, die noch nicht abgeschlossen waren: „Flugzeug abgestürzt, Überlebende werden noch gesucht." Er schrieb auf, was er dachte, wie die Sache ausgehen könnte. Hier zum Beispiel: „Keine Hoffnung, aussichtslos", oder an anderer Stelle: „Botschafter entführt, es wird Lösegeld gefordert." Hier schrieb er an den Rand: „der wird nicht mehr rauskommen." Als er eines Tages die Zeitungen zusammenpackte, um sie zum Altpapier zu geben, machte er sich die Mühe, seine Anmerkungen mittels einer Strichliste mit dem abzugleichen, was die Zeitung Wochen später über den Ausgang berichtet hatte. Er war fassungslos. Alle seine Vorhersagen waren – ohne eine einzige Ausnahme – genau so eingetroffen, wie er es mit Bleistift auf dem Zeitungspapier notiert hatte. Als Statistiker, der er nun einmal war, beobachtete er die Nachrichten der nächsten sechs Monate, führte seine Strichliste weiter und verglich wieder seine Vorhersagen mit den späteren Berichten. Und wieder trafen alle Voraussagen genau ein.

Er konnte also in die Zukunft sehen. Er fürchtete sich, denn alle seiner entsetzlichen Prognosen waren eingetreten, nur wenige Nachrichten hatten eine wirklich gute Wende. Je weiter die Ereignisse in der Zukunft lagen, umso klarer waren seine Voraussagen. Aber was sollte er seinen Klienten sagen, wenn diese nach dem Ausgang einer schweren Krankheit fragten, oder herausfinden wollten, ob ihre vermisste Tochter noch jemals nach Hause kommen würde? Er wusste die Antwort, aber keinen Ausweg. Immer seltener gelang es ihm, alles schönzureden, ein ‚alles-wird-gut' über die Sorgen seiner Klienten zu kleckern, und sich dann, nachdem sich der Besucher verabschiedet hatte, ein paar Münzen oder kleine Scheine in seine Pappschachtelkasse zu legen, um sich dann wieder der Lektüre seiner Zeitschriften zu widmen. Er dachte oft an Naturkatastrophen, wie sie die Welt bisher nur selten erlebt hatte, sah absurde Kriege (er wusste, dass alle Kriege sinnlos sind) und Asteroiden, die das Ende dieser Welt bedeuten könnten. Und er sah sehr klar, wie es geschehen würde, mit Einzelheiten, die kaum zu ertragen waren. Mit mathematischer Klarheit hatte er in aller Tiefe erfasst, dass er da ein wohldefiniertes Problem hatte.

In dem heißen Juli diesen Jahres wurde das Volksfest in einer Flussaue aufgebaut. Das brachte den Vorteil, dass der Betrieb leicht zu Fuß von der Stadt aus zu erreichen war und so für einen guten Besucherstrom sorgte und für die, die es brauchten, genügend freie Parkplätze bereitstanden. Es hatte seit mehr als zwei Monaten nicht mehr geregnet und der Fluss führte nur noch wenig Wasser. Zum Ende der Woche warnte der Wetterbericht vor einem aufziehenden Unwetter mit extremem Regen, Sturm, Gewitter; letzteres besonders gefährlich für die Fahrbetriebe, die hohen Schiffschaukeln und Riesenräder. Es wurde vorausgesagt, dass die Unwetterfront von Südwesten her über das Land zöge. Der Ordnungsdienst des Volksfestes ging über den Platz und warnte jeden, ordnete an, am kommenden Sonntag die Betriebe nicht zu öffnen. Schon am Samstagabend wurde fast stündlich über den Fortschritt der Gewitterzone berichtet. Den Besuchern wurde mit Handzetteln und Lautsprechern klargemacht, doch morgen, Sonntag, bitte nicht zu kommen: *„Leit, gehts hoam un bleibts a dahoam, do kummt a args Sauwedder."* Die Bauten, die besonders hoch in den Himmel ragten und daher leicht vom Blitz getroffen werden konnten, und die Gondeln des Riesenrades wurden mit extra Seilen festgezurrt, um dem Sturm standzuhalten. Buden und Gerät am

Boden wurden mit Planen gegen den Regen gesichert. Man gab durch, dass der trockene Fluss wahrscheinlich eine Überschwemmung auf der Aue verursachen könnte; vor reißender Strömung wurde gewarnt. Schwere Geräte, wie die Generatoren und eine teure Hydraulikapparatur wurden noch in der Nacht mit einer Zugmaschine auf ein höher gelegenes Gelände geschleppt. Man sorgte sich, glaubte aber auch, gut vorbereitet zu sein.

Schon am frühen Morgen entluden sich die ersten Blitze in dem noch morgengrauen Himmel, starker Regen begann. Der Ordnungsdienst machte seine letzten Runden über den Platz, um ganz sicher zu sein, dass auch jeder das Gelände um die Flussauen verlassen hatte, dass jede Plane gut festgemacht war und alle Autos von den Uferparkplätzen auf die höhere Hauptstraße geschleppt worden waren. Der Hellseher hatte entgegen seiner Gepflogenheit vorzugsweise in einem kleinen Hotel zu übernachten, sich seit letzter Nacht still in seiner Bude zum Schlafen gelegt. Die Rufe des Ordnungsdienstes hörte er nicht.

In der Woche nach dem Unwetter berichtete die Tageszeitung in ihrem Lokalteil, dass viele Schaustellerbetriebe zwar leicht beschädigt worden waren, aber kein Menschenleben zu beklagen sei, bis auf eines, das des Hellsehers. Er hatte die

Flutwelle wohl nicht erwartet und nicht kommen sehen. Es war ja auch, wie der Lokalredakteur kommentierte, ein – statistisch gesehen – sehr unwahrscheinliches Ereignis.

6

Die Frau aus der Parfümerieabteilung

Ein Mann war zusammengebrochen. Genau an der Ecke, an der sich die Hauptstraße mit den Einkaufshäusern mit einer der weniger belebten Seitenstraße kreuzt, der Straße, die zu den Parkhäusern führt und dann weiter am alten Markt vorbei und an ihrem Ende, zu dem Pflasterstreifen am Flussufer. Der Mann, der da jetzt an der Ecke des Kaufhauses lag, war in sich zusammengesunken, langsam und ruhig, bis er mit beiden Schultern auf dem nassen Asphalt lag. Er hatte oft, an fast jedem Werktag, an dieser Ecke gesessen und die Vorbeigehenden mit einer stillen Geste um etwas Geld angebettelt. Meistens, außer an heißen Tagen im Sommer, trug er eine grau-braune Wollmütze, einen Parka, Jeans und Schnür-stiefel, die aus einem Laden stammen konnten, der gebrauchte Uniformsachen vermarktete. Nie führ-te er eine Tasche oder einen Rucksack, in dem er vielleicht seine Habe gepackt hätte, mit sich. Der uniformierte Sicherheitsdienst des Kaufhauses und die unauffälligen Kaufhausdetektive mit ihren weißen Hemden und gestreiften Krawatten hatten sich schon monatelang und mit vielen verschiede-nen Methoden bemüht, den Mann von der Kauf-hausecke zu vertreiben. Aber keine der angewand-ten Verfahrensweisen hatten zu dem angestrebten Ziel geführt, den Mann für immer von seinem Platz zu vertreiben. Der Platz, an dem der Mann immer saß, war günstig gelegen. Er war noch un-ter dem Dach des Kaufhauses und nur Spritzer von ganz starkem Regen reichten an die besetzte Ecke. Selbst der Geruch an seiner Sitzecke war ange-nehm, denn oft wehte eine Schwade von Wohlge-ruch aus der Kosmetikabteilung des Kaufhauses durch den breiten Eingang, am Gebäude entlang und zu der Ecke, an der der Mann sich immer niederließ.

Er konnte, wenn er sich nur etwas vorbeugte, von seiner Ecke einige der Frauen beobachten, die die Kosmetika anboten, die Kundinnen berieten oder wie so oft miteinander schwatzten. Ihr Tagesablauf schien geruhsam, aber auch gleichförmig und eintönig. Die Damen verbrachten viel Zeit damit, ihre Waren auf den Ladentischen zurechtzurücken, sich selbst vor dem Spiegel schöner zu machen, Make-up aufzulegen, das Rouge ihrer Lippen nachzuziehen, um dann, nach einiger Zeit und langen Bemühungen, alles doch wieder abzuwischen. Es fiel dem Sicherheitsdienst heute zu, dem Mann Erste Hilfe zu leisten, oder – viel einfacher – einen Notarzt oder Krankenwagen zu rufen. Die Hilfe kam, der bewusstlose Mann wurde in den Wagen gepackt und aus dem Gesichtsfeld der Kaufhauswärter und Cremeverkäuferinnen entfernt, sozusagen visuell entsorgt.

An der Ecke blieb eine Mappe, eine Brieftasche liegen, die zunächst von den Sicherheitsleuten aufgelesen, aber dann doch achtlos auf einem der Verkaufstresen in der Parfümerie abgelegt wurde, wo sie tagelang unbeachtet blieb und dann in eine Schublade gesteckt wurde. Wochen vorher, so erinnerte man sich, legte eine der Parfümfrauen dem Mann etwas in die Mütze, vor ihm. Es waren keine Münzen, sondern etwas anderes, vielleicht Papiergeld, ein Zettel oder ein Briefchen. Dabei trafen sich ihre Blicke kurz; er sah ihre hellen gelb-grünen Augen und sie bemerkte, dass er viel jünger sein musste, als man von seiner gebeugten Haltung und der schiefen Art zu sitzen annehmen konnte. Der Vor-gang wiederholte sich noch ein- oder zweimal, so beobachtete es der Sicherheits-dienst, ohne sich je-doch darüber klar werden zu können, ob die Frau ein Almosen gab oder ob An-deres die elegante Verkäuferin mit dem Habe-nichts verband. So gab man schließlich die Briefta-sche aus der Schublade weiter an die Frau mit den gelb-grünen Augen. In der Mappe fanden sich Aus-weispapiere, alte verknitterte Portraits einer jun-gen Frau und Bilder einer jungen Familie, wieder die junge Frau mit zwei Kindern. Eines der Papiere ließ erkennen, dass der Mann, der da immer an der Ecke gesessen hatte – welche Überraschung – gar nicht obdachlos war, sondern eine Wohnadres-se in der Altstadt hatte.

Die Verkäuferin aus der Kosmetikabteilung überlegte zwei Tage lang, ob sie die gefundene Börse dem Mann im Krankenhaus zurückgeben, sofern er noch dort sei, oder einfach anonym an seine Wohnadresse schicken sollte. Sie bedachte die Alternativen. Sollte sie jemanden schicken, um die Sachen abzuliefern, alles in die Post stecken, sie hatte ja die Adresse, oder doch vielleicht selbst hingehen? Sie bedachte, dass der Mann, falls er tatsächlich noch im Krankenhaus sei, vielleicht nur noch wenige Tage zu leben hätte und, wie auch immer, an einem aufmunternden Besuch Freude haben könnte. So bat sie ihre Abteilungsleiterin, ihr doch bitte am nächsten Tag schon am Nachmittag frei zu geben. Sie hatte vorher alle Krankenhäuser der Stadt angerufen und schnell den gesuchten Patienten gefunden. „Ja", sagte man ihr am Telefon, „der ist noch hier, und in einer Woche auch noch." Die Nachricht klang nicht gut. Sie bereitete sich sorgfältig auf den Krankenbesuch vor, obwohl sie nicht wissen konnte, wie es dem Patienten ging. Sie wählte ihre Kleidung freundlich und sommerlich-optimistisch, aber nicht allzu weiblich, besorgte Mitbringsel, etwas Obst, einen kleinen Blumenstrauß, wobei sie lange überlegte, ob es überhaupt angemessen sei, Männern im Krankenstand Blumen mitzubringen. Wenn nicht Blumen, was dann? Spielzeug? Männerspielzeug? Einen Baukasten oder ein Geduldsspiel? Sie verwarf alle Möglichkeiten. Auch im Internet fand sie keine passende Antwort auf die Frage, was einen Mann im Krankenhaus erfreuen könnte. So machte sie sich am nächsten Nachmittag, einem heißen Sommertag, mitsamt ihrem Blumensträußchen und einem Obstkörbchen auf den Weg zu dem Klinikum auf dem Hügel über der Stadt.

Man wies ihr den Weg zur Station und weiter zum Zimmer des Patienten. Es war ein sonniger Sommernachmittag, die Jalousie des Zimmers halb heruntergezogen. Der Patient war wach und saß aufrecht auf seinem Krankenbett. Seine Aufmerksamkeit wanderte zwischen dem Fernseher im Zimmer und dem Schachspiel mit seinem Bettnachbarn hin und her. Ihr Auftreten im Krankenzimmer schien ihn nur wenig zu überraschen. Für einen kurzen Moment gab er den Eindruck, als ob er geradezu darauf gewartet hätte. Sie war unsicher. „Geht es ihnen jetzt schon besser?", fragte sie. (Man fragt Patienten immer wie es ihnen ginge und hofft dabei insgeheim, dass sie sich besser fühlen oder zumindest so antworten, als ob alle Sorgen um die Gesundheit nicht mehr notwendig wären.) Es vergingen einige Augenblicke, in denen es nicht offensichtlich war, ob sich der Mann gedanklich noch mit dem Schachspiel befasste, versuchte sich zu erinnern, woher er die Frau kannte, oder ob er einfach nur Schmerzen hatte und so sich nicht wohlfühlte.

Er kannte die Frau sehr wohl. Vom Kaufhaus und von früheren Zeiten, als sie noch nicht in der Parfümerieabteilung arbeitete und er noch nicht täglich an einer Ecke der Hauptstraße saß. „Ja, es ist alles in Ordnung", murmelte er, „ich kann bald nach Hause." – „Na, dann wird ja alles wieder gut", sagte sie. „Ich habe Ihnen ein paar Kleinigkeiten mitgebracht …", und stellte Blumen und Obst auf den Nachttisch des Krankenbettes. Dann entsann sie sich der Börse, die sie gefunden und mitgebracht hatte. „Ach ja, das hier hat der Sicherheitsdienst aufgelesen, ich glaube es gehört Ihnen", und legte das Portemonnaie auf den Seitentisch neben dem Krankenbett. Er wusste nicht, was er sagen sollte. „Haben Sie hineingesehen?", fragte er. „Ja" – „Warum?" – „Weil ich wissen musste …" – „Was, denn?" An dieser Stelle wendete sich der Dialog vom der distanzierten Anrede in der dritten Person zum vertrauteren ‚du'. Sie wechselten noch einige belanglose Sätze, unter anderem auch, um den Besuch nicht allzu abrupt beenden zu müssen. Dabei fixierten seine Augen die Frau, die – vor dem sonnenbeschienenen Fenster und in ihrer sorgfältig gewählten Kleidung – so gut aussah, wie eine Frau nur aussehen kann. „Werden wir uns nochmal wiedersehen?", fragte er, wissend, dass die Situation – ein kranker Mann und eine Verkäuferin im Krankenhaus – eine unpassende Situation sei, um nach einem Rendezvous nachzusuchen. Es war Zeit, den Besuch abzuschließen. „Wie lange bist du noch hier?", fragte sie. „Noch ein paar Tage, eine Woche vielleicht", sagte er darauf, „ich werde dann als genesen entlassen, ich hatte nur ein paar schlechte Tage, zu wenig Schlaf, Sorgen, weißt du …", gerade so, als ob er klarmachen müsste, dass er weder eine langwierige Krankheit noch etwas Ansteckendes in sich trüge. Während des Besuches trafen sich ihre Blicke oft und lange, fast so wie vor einigen Wochen, als sie ihren Essensgutschein des Kaufhauses in die Mütze des anscheinend wohnungslosen Mannes gelegt hatte.

Konnte sie sich in Erinnerung bringen, wer der Mann denn wirklich war? Kannte sie ihn oder erinnerte er sie nur an jemanden, den sie einmal gekannt und sogar geliebt hatte? Da waren zu viele Bilder, zu viele Gesichter, zu viel Vergangenheit und zu viele Erinnerungen, die sie lieber vergessen hätte. Früher – das schien schon so lange her. Sie hatte die Gedanken über diese Zeit immer unterdrückt, wann auch immer sie aufkamen.

Ihr Heimweg in der untergehenden Sommersonne führte sie durch einen kleinen, ungepflegten Park, in dem noch die welken Blätter des letzten Herbstes auf einem Haufen lagen, dann entlang der Bahnlinie, am Rande eines Industriegebietes mit flachen Lagerhallen und Laderampen. Früher, da gab es eine Zeit in ihrem Leben, als sie in so einer Seitenstraße im Industriegebiet ihrer nächtlichen Arbeit nachging.

Sie erreichte die Innenstadt, als die Sonne gerade unter dem Horizont versank und die Geschäfte, eines nach dem anderen, ihre Eingänge verschlossen und die Sicherheitsgitter vor den Schaufenstern herunterzogen. Als Letzter, der Gemüseladen des Türken, der die Steige mit Erdbeeren und Pfirsichen von seiner Auslage nach innen in den Laden trug.

Sie setzte sich in einem Straßencafé auf ein Glas Wein nieder, um über die Geschehnisse des vergangenen Tages nachzugrübeln. Alleine der Gedanke, jetzt schon, in der letzten Dämmerung der Sommernacht, in ihr kleines, düsteres Apartment zu gehen, erschien ihr bedrückend. Sie wollte jetzt nicht alleine sein. Was ihr ein Gefühl der Beklemmung brachte, war der Gedanke an das übernächste Wochenende, denn da war – durch seltene Umstände der Kalenderwissenschaft – arbeitsfrei von Freitag bis zum Dienstag der nächsten Woche, vier leere, blanke Tage. Was ihre Kolleginnen und andere arbeitende Menschen so sehr erfreute, Kurzurlaub, Städtereisen, waren für sie ein Gräuel. Ja, sie hatte Einladungen von Freunden („komm' doch einfach mit"), Flusskreuzfahrt, grillen am See, oder ein *open-air* Konzert mit Übernachtung im Zelt und im Schlamm, alles Unterhaltungen für Menschen, die viel erwarteten und mit wenig zufrieden sein können. Sie dachte an das lange Wochenende im letzten Jahr, das sie alleine in einem Hotel verbringen musste, weil sie in ihrem Kaufhaus einen Gutschein für ein Wohlfühlwochenende gewonnen hatte. Sie hatte sich nicht wohlgefühlt. Nach dem Wochenende schwammen die Zierfische in ihrem Aquarium, alle tot an der Wasseroberfläche, weil der Strom für Stunden ausgefallen war. Tiere, die sie zu Hause hütete, starben trotz aller Vorsicht, Menschen, um die sie sich sorgte, wurden krank, verschwanden oder starben bei schlimmen Unfällen. Aber sie wollte diese Erinnerungen jetzt nicht weiterdenken. Nicht jetzt, nicht alleine.

Sie wartete eine Woche, bis sie an einem Samstag aufbrach, um ihn, den ‚kranken Mann vom Kaufhaus' in seiner Wohnung zu besuchen, sofern er denn schon aus dem Hospital entlassen worden war und sofern er zu dieser Tageszeit wirklich zu Hause sein sollte. Sie kannte die Adresse. Das Wohnhaus, drei Etagen, war frisch getüncht und hatte jetzt einen Zugang zu der Tiefgarage.

Er war nicht zu Hause oder wollte nicht gestört werden. Oder er hatte Besuch. Von einer anderen Frau? Von den Kindern, deren Bilder sie in der Geldbörse gesehen hatte? Es kam kein Geräusch aus der Wohnung. Nach einer Weile des Wartens und Abwägens, ob sie nun weiter warten oder besser gehen sollte, entschied sie sich dafür, wenigstens eine Nachricht zu hinterlassen. Gerade als sie den Zettel zwischen Tür und Rahmen stecken wollte: „Ich war hier gewesen, Uhrzeit, Name, Telefonnummer", genau in diesem Moment wurde die Tür geöffnet.

Er ließ sie eintreten. Sie hatte einen unrasierten Mann erwartet, der, umgeben von Bierflaschen, auf der Couch lag und mit Fußball im Fernseher den Samstagnachmittag vergehen ließ. Der Gegensatz zu ihrer Erwartung war groß. Er war frisch rasiert und gut angezogen und rollte gerade noch den linken Ärmel seines Hemdes herunter, um dann auch noch den Knopf an der Manschette korrekt zu schließen. „Wolltest du gerade weggehen?", fragte sie. Nein, er hatte keine Pläne. Die Wohnung, ein Ein-Zimmer-Apartment, war – wie sie dachte – für einen alleinstehenden Mann überraschend gut geordnet. Da war kein ungespültes Geschirr, keine Pizzaschachtel mit den Resten von gestern, keine Bierflaschen, kein Aschenbecher.

Sie musste ihre Vorbehalte, wie die Behausung eines alleinstehenden Mannes, der zudem noch keiner regelmäßigen Arbeit nachging, aussehen sollte, noch weiter korrigieren, als sie das Pflanzgärtchen mit winzigen Kakteen am Fensterbrett sah. Daneben frische Küchenkräuter. „Möchtest du Kaffee, Tee oder was Anderes? Wir können ja später noch einen Whiskey in den Tee schütten." Sie dachte daran, wie er sich die Ärmel heruntergerollt hatte, dass er fertig angezogen war, um auszugehen. „Musst du wirklich nicht noch wohin, hast du heute Zeit?" – „Ich arbeite zu Hause." Sie fand diese Antwort seltsam, denn da war kein Computer, der zur Arbeit bereitstand, kein Arbeitstisch und keine Bücher. Er hatte Zeit und sie war froh, an diesem freien Nachmittag jemanden zu haben, mit dem sie einfach reden konnte. Sie war gelöst, denn sie musste diesen Nachmittag nicht in ihrer dunklen Wohnung verbringen oder als Ersatz durch die Straßen der Innenstadt gehen und die Schaufenster betrachten, die sie ohnehin längst kannte und in der letzten Woche schon oft betrachtet hatte. Also tranken sie Tee und er erzählte von seiner Arbeit, angeblich in der Pharmaindustrie, die es ihm ermöglichte, eine kleine Wohnung in der Innenstadt zu mieten und auch sonst ein – wie er sagte – anständiges Leben zu führen.

Sie musste diese Frage stellen: „Wer sind die Kinder auf den Bildern?", und, „wer ist die Frau, ist das deine Familie?" – „Wo sind sie jetzt?" – „Die sind nicht mehr", mühte er sich zu sagen. Es fiel ihm sichtlich schwer, die Frage zu beantworten. Sie setzte sich neben ihn und nahm seine Hand. „Ja, ich hatte mal eine Familie. Ich war selten zu Hause. Ich fuhr Lastzüge durch ganz Europa, vom Nordkap bis Istanbul, sozusagen. Zwei, drei Wochen auf der Straße, dann ein paar Tage zu Hause. – Wir wollten Urlaub machen, mit den Kindern, alle zusammen, im Süden, ich kannte ja alle Ecken und Flecken." – „Und weiter?", fragte sie. Nach einer langen Pause konnte er wieder sprechen: „Ich hatte vorher eine lange Tour gefahren, Container nach Almería in Spanien. Drei Tage an einem Stück. War auf *speed*, um das zu überstehen. Habe mich irrsinnig auf den Urlaub mit den Kindern gefreut." Es kam eine lange Pause. „Und dann bin ich schon in der ersten Nacht am Steuer unseres Autos einfach eingeschlafen, gleich hinter der Grenze, auf der Autobahn, kurz nach Saarbrücken" – „und?" – „Es war ein schlimmer Unfall. Tage später, auf der Intensivstation, hat man mir gesagt, dass ich meine Familie nie wiedersehen werde, alle drei seien bei dem Unfall um ihr Leben gekommen."

In dem Gewirr ihrer Gedanken fanden sich ganz allmählich Fetzen von Erinnerung. Jetzt wusste sie, er war der Mann, mit dem sie damals nachts im Industriegebiet oft gescherzt hatte. Sie, wie sie auf nächtliche Kundschaft wartete und er, wie er die Zeit vergehen ließ, bis sein Fahrzeug neu beladen war. Einige Stunden, in denen die Gabelstapler ihre Arbeit taten und bis die Papiere für die nächste Reise ausgedruckt waren. Bei schlechtem Wetter oder im Herbst saßen sie zusammen bei ihm im Führerhaus. Er hatte heißen Kaffee in der Thermoskanne und erzählte von seiner Familie und sie hörte gerne die Schilderungen aller Abenteuer, die er angeblich auf seinen langen Fahrten überstanden hatte, von den Nutten an der *Autostrada del Sole* und den Zigeunerkindern in Rumänien, denen er einmal zu Weihnachten Kleinigkeiten zum Essen und Spielsachen mitgebracht hatte. Vor einer langen Fahrt im Frühling, gab sie ihm ein Foto von ihr mit einem Autogramm mit ihrem nächtlichen Phantasienamen, ihrem *nom de guerre* von ihrer Industriestraße. Er steckte das Bild neben den Innenspiegel und sprach manchmal in langen Nächten auf endlosen Autobahnen zu ihrem Bild. Manchmal auch nur, um wach zu bleiben.

Sie kam aus einem kleinen Dorf, wurde mit sechzehn Jahren aus dem Gymnasium geworfen, weil sie schwanger geworden war, hatte eine Lehre als Friseuse angefangen und wieder abgebrochen, und war dann von ‚Freunden' von Party zu Party gereicht worden, um dort gute Laune zu verbreiten, zu tanzen und dafür Geld zu bekommen.

Er war seit dem Unfall, bei dem er seine Familie verloren hatte, nicht mehr wieder gefahren, nicht als Trucker und nicht einmal mit dem eigenen Wagen. Er erzählte weiter, wie er seine Arbeit aufgab, aber nicht von *speed*, Meth und anderen Mittelchen los kam. Um Geld zu verdienen, arbeite er seit dieser Zeit als Pharmatester, als menschliches Versuchstier, das sich freiwillig den Wirkungen neuer Medikamente aussetzt und dafür bezahlt wird. Manche Drogen kamen in Pillen, andere in Ampullen zur Injektion; alle mit Anweisungen, wie oft, wann und wie viel davon heruntergeschluckt oder gespritzt werden sollten.

Einige der Drogen machten ihn schlaflos, andere müde und antriebslos. Der Platz am Eck vor dem Kaufhaus war eine gute Möglichkeit, an solchen Tagen die Zeit zu verbringen, ohne alleine sein zu müssen. Er konnte den Frauen im Kaufhaus zusehen oder den Passanten, die in Eile und doch ziellos von einem Geschäft zum nächsten liefen. Vor einigen Wochen hatte er eine neue Versuchsreihe begonnen und war dabei bewusstlos geworden. Sie dachte an ihr Appartement und die toten Fische im Aquarium. An die Tiere und die Menschen, um die sie sich gesorgt hatte.

Leider wissen wir nicht, wie diese Begegnung endete. Es mag sein, dass er an dieser Stelle und an diesem Nachmittag von einer Überdosis seiner Testmedikamente in ihren Armen ohnmächtig wurde und verstarb. Oder sie blieb bis zum Abend, sie kochten zusammen und wurden Freunde, die sich nie mehr trennten. Vielleicht verabschiedete sie sich aber auch nach einiger Zeit höflich und sie sahen sich nie mehr wieder.

7

Warten

Ich sitze mit fünf anderen Männern auf einer Bank. Weitere drei Männer sitzen einzeln auf stapelbaren Plastikstühlen, die in jedem Baumarkt billig angeboten werden. Alle Sitzplätze im Zimmer sind belegt. Alle schweigen. Auch mein Gruß beim Eintritt in das Zimmer wurde kaum erwidert. Einer hat ein rotes Gesicht, Schweiß auf der Stirn, trägt aber eine warme wollene Weste. Ein Anderer hustet, hüstelt, zieht immer mehr frische Papiertaschentücher aus seiner Tasche und steckt sie nach Gebrauch in eine Plastiktüte, die er in einer anderen Seite der Tasche hat. Gegenüber, etwas von der Gruppe der Männer entfernt, sitzen zwei Frauen. Die Eine, die scheinbar jüngere, hat ihren Mantel ausgezogen und über ihren Schoss gelegt. Es ist ihr anzusehen, dass es für sie zu heiß im Zimmer ist. Die andere Frau hat ihre kurze, helle Jacke anbehalten und ihre Handtasche auf dem Boden abgestellt.

Draußen ist es grau, Nieselregen, der nicht einmal bis auf den Boden zu fallen, sondern in der Luft zu schweben scheint – sichtbare Feuchtigkeit. Das traurige Herbstwetter ist aus dem beschlagenen Fenster des Wartezimmers zu sehen. Entfernt, hinter dem Nieselregen, ein Kastanienbaum mit nassem Herbstlaub, noch weiter in der Ferne die graue Silhouette einiger Flachbauten, Wohnhäuser, Industriehallen. Die Heizung unter dem Fenster ist heiß, der Fußboden kalt und mit kleinen Lachen, die vom Schirmständer und auch den Gummistiefeln des einen Herrn ausgehen und sich in einem Rinnsal langsam weiter ausbreiten, um sich unter dem Tisch zu einer neuen Pfütze zusammenzufinden. Während die beiden Damen zunächst leise und dann immer lauter eine Unterhaltung betreiben, schweigen die Herren und sind bemüht, sich gegenseitig nicht anzusehen.

Eine weibliche Person in weißem Kittel und mit weißen Sandalen, eine Sprechstundenhilfe oder Krankenschwester, betritt den Raum. „Kann ich bitte Ihre Unterlagen haben? Versicherung, Gesundheitskarte, Atteste, Überweisungen – jetzt bitte!" Einige der Herren suchen in ihren Taschen, zwei gehen zur Garderobe, wo sie in der Innentasche des Mantels stöbern, Papiere herauskramen, entfalten, noch einmal lesen und dann der Frau im weißen Kittel in die Hand geben. „Es geht gleich los, Sie müssen nicht mehr lange warten." Die Aussage wird mit freundlichem Gemurmel begrüßt. Seit ich gekommen bin, ist mehr als eine Stunde vergangen, die meisten Anderen waren vor mir da und warten schon bedeutend länger. „Und was ist mit Ihnen?", spricht die Frau mit Kittel den Mann mit der braunen Weste und dem karierten Hemd an. „Waren Sie schon mal bei uns?" – „Nein." – „Und was bringt Sie zu uns? Haben Sie eine Überweisung? Oder Beschwerden?" Der Mann mit dem karierten Hemd schweigt zu allen Fragen. Es ist ihm anzusehen, dass er die Fragen nicht mag, sie quälen ihn. Mag sein, dass er keine Antwort hat. Mag auch sein, dass er die Einzelheiten seiner Gesundheit oder Krankheit nicht vor dem Dutzend der Anwesenden ausbreiten will. Die Frau, die gerade die Papiere eingesammelt hatte, hebt die Stimme an: „Sie können das ja dann alles dem

Herrn Doktor selbst erzählen." In ihrer Stimme schwingt jetzt ein scharfer, unfreundlicher Ton mit. „Ja, beim Doktor ...", nickt er, ohne sich Mühe zu geben, den Satz zu beenden. Sie verlässt den Raum, ein Duft von frischem Kaffee zieht in das Wartezimmer, dann schließt sich die weiße Tür langsam und fast lautlos. Ich stelle mir vor, wie die Frau die Verwaltung der kranken Menschen betreibt, Krankenakten vervollständigt, telefoniert, Termine verlegt oder bestätigt. Ob die Akten markiert sind? Ein geheimes Zeichen für hoffnungslose Patienten, deren Zeit bald abgelaufen ist? Oder ein buntes Symbol für jene Patienten, die alles über sich ergehen lassen, jeder Therapie zustimmen und so für ein gutes Einkommen des Doktors sorgen? Ein Blümchen auf der Mappe für solche, die an esoterisches Zeug glauben und gerne für Yogastunden oder für homöopathische Globuli selbst bezahlen wollen?

Am niedrigen Tisch vor der Wartebank und vor den Stühlen sind Zeitschriften ausgelegt. Viele sind abgegriffen und ihr Erscheinungsdatum liegt Monate zurück. Nur einige der bunten Blätter sind frischer. Es sind Werbeartikel von Pharmaziefirmen, Versicherungen und Apotheken. Einige zeigen auf bunten Titelblättern Familien, die Glück darstellen sollen, ein langes Leben, frohe Augenblicke mit lieben Enkeln in sauberen Matrosenanzügen. Grüne Wiesen im Sonnenschein, dahinter Herbstwald, gedruckt auf Hochglanzpapier. Wie erstrebenswert es doch sein muss, alt zu sein. Die Kinder kommen sonntags zu Besuch, die Rente ist üppig und das Haus in der Villenvorstadt längst abbezahlt und von gepflegtem Efeu überrankt. Davor ein Kiesweg vom Gartentor bis zum Eingang des Hauses. Andere Illustrierten greifen schon auf der Umschlagseite dahin, wo es weh tut: „Was tun bei Prostatakrebs? – Ihr Ratgeber." Ja, was tun? operieren, rausschneiden lassen oder warten bis alles vorbei ist? Welcher Rat ist da auf den Seiten 22 bis 24, dreispaltig, zu finden?

Zwischen dem Fenster und den Garderobenhaken steht ein schütteres Bäumchen, eine Grünpflanze, ein Palmengewächs von etwas mehr als einem Meter Wuchshöhe. Es sieht staubig aus, mehr graugrün als frischgrün. Sie, oder besser es, sieht nicht nur dürr aus, sondern auch fremd, es gehört nicht hierher, nicht in diesen Warteraum und auch nicht in diese neblige Kleinstadt. Die junge Palme blickt durch den Raum, wo auf der gegenüberliegenden Seite – weit weg vom Tageslicht des Fensters – eine zweite Pflanze, ein Artgenosse steht. Sie sehen sich sehr ähnlich, beinahe wie Zwillinge. Sie stehen in dem gleichen Modell von

Pflanztopf, sind gleich hoch und haben eine ähnliche Zahl von Zweigen, Palmwedeln. Die überraschende Ähnlichkeit der beiden Palmen, die schon bessere Zeiten erlebt haben, fesselt meine Aufmerksamkeit. Ich finde ein kleines gelbes Etikett an einem Baum. Meine Neugier treibt mich, aufzustehen und herauszufinden, was darauf zu lesen sein könnte. „*Guangzhou Songlee Artificial Tree Co., Ltd.*", steht da unter chinesischen Schriftzeichen, deren Sinn sich mir nicht erschließt. Die Plastikpflanzen stimmen mich traurig. Ist das alles, was vom Leben geblieben ist, eine Abbildung in Kunststoff? Hunderte und Tausende davon, deplatziert in einem fremden Land, alle gleich, alle gleich grau. Unzerstörbar und doch leblos.

„Die Herzkranzgefäße, das ist die Stelle, wo alles anfängt" spricht ein Mann vor sich hin, der drei Positionen rechts von mir sitzt. Er hat ein rotes, geschwollenes Gesicht, atmet schwer und mühsam und scheint mit seinem Bäuchlein deutlich zu viel Gewicht an sich zu tragen. Er hat keine Zeitschrift vor sich, liest nicht vor, sondern spricht seine Gedanken vor sich hin. Die beiden Frauen sehen auf. Die Männer sind weiter bemüht, sich nicht anzusehen, nichts zu sagen, ja geradezu so zu tun, als ob sie gar nicht da wären, so als wären sie nicht gemeinsam mit dem anderen Dutzend

Menschen in einem Zimmer, alle mit der Absicht, in einiger Zeit den Arzt zu treffen. „Wenn das Herz nicht mehr richtig tickt, dann ist alles vergebens, alles …", fügt der Mann mit dem roten Gesicht hinzu, gerade so, als ob er eine Antwort erwartete oder zu einem Gespräch ansetzen wollte. Es entsteht ein lautes Schweigen, fast jeder hat eine Antwort auf der Zunge, bereit, dem roten Gesicht etwas zu entgegnen, aber niemand antwortet.

Einer der Männer beugt sich vor, um von dem Tisch vor ihm eine Zeitschrift zu nehmen. Er blättert darin, legt sie wieder zurück. Ein typisches Übersprungsverhalten. Der Mann ist der einzige der Wartenden, der ein Jackett und eine Krawatte trägt. Nicht nur, dass er besser gekleidet ist, als der Rest von uns, er hat auch seine eigene Lektüre mitgebracht, um die Wartezeit sinnvoll zu nutzen; nach dem Titel ein Taschenbuch, das vorgibt, einem Investor, also einem Menschen, der über Geld verfügen kann, nützliche Fingerzeige zu geben. Wohin mit dem Geld, das man nicht gleich ausgeben kann? Immobilien, Fonds, andere Anlagen – man muss nur warten können. Alle anderen in dem Zimmer sind leger gekleidet, Weste, Strickjacke, Cordhosen, einfache Hemden, kariert oder gekleidet in Rentner-Beige, ein einziger mit Denim

Jeans und Sportschuhen. Manch einer mag sein sauberstes getragenes Hemd noch einmal aus dem Wäschekorb gezogen haben.

„Meist fängt es am Herzen an ..." versucht der Mann mit dem roten Gesicht doch endlich noch eine Konversation anzustoßen. Jemand von der Bank meint dazu: „Ja, das mag schon sein. Bei Anderen ist es die Leber, die Nieren, die Prostata. Kommt halt darauf an, wie man gelebt hat, gesund oder nicht." Der Mann mit dem roten Gesicht hat endlich einen Gesprächspartner gefunden. „Bei meiner Frau hat es im Herz angefangen. Myocardialinfarkt, verstehen sie? Einfach so. Nach ein paar Monaten war sie schon nicht mehr bei mir." Sein Selbstgespräch nimmt eine neue Wendung. Die beiden Frauen unterbrechen ihren Schwatz und sehen auf das rote Gesicht. Er ist also verwitwet, scheinen sie zu denken, sieht aber auch ungesund aus. Niemand kümmert sich um ihn. Sollte man Mitleid zeigen? Versuchen Trost zuzusprechen? Oder sind nicht ohnehin alle, die hier warten, dadurch miteinander verbunden, dass sie ein Leiden haben und sich um ihre Zukunft sorgen? Wie wird das Leben weitergehen?

Keiner der Menschen in diesem Wartezimmer sieht so aus, als ob er später mit dem Taxi zurück in die Villa aus der Illustrierten zurückführe. In das Anwesen mit dem schmiedeeisernen Tor und dem Kiesweg, wo sich die Gattin schon zum Abendessen umgezogen hätte und die Köchin ein gesundes Mahl von rechts auf den Teller vorlegte. Die Wartenden, so stelle ich mir ihr Leben vor, gehen nach Hause, in eine triste Sozialwohnung, deren Treppenhaus nach Bohnerwachs riecht und wo gallige Schilder mit Verboten angeklebt sind oder auf die wöchentliche Kehrwoche hinweisen. Dort werden sie die Tür aufschließen, alleine den Fernseher einschalten und dann am Küchentisch die Beipackzettel der Tabletten studieren, die sie mit ihren Medikamenten bekommen haben. Sie warten auf die Nachrichten im Fernsehen, warten, dass das Essen auf dem Herd warm genug ist, warten darauf, dass die Medikamente ihre Krankheiten erträglicher machen. Vielleicht morgen, vielleicht dauert es noch viel länger, bis Linderung eintritt.

Man muss nur lange genug warten, dann gibt es keine Schmerzen mehr.

Nur um nicht an diesem Gruppengespräch teilnehmen zu müssen, beuge ich mich auch zu dem wackligen Tisch in der Mitte des Raumes und greife mir zwei bunte Blätter, zwei Zeitschriften, die in ihrem Stapel ganz unten liegen. Ich will mich überraschen lassen. Ich hatte gehofft, dass irgendwo in dem Stapel der Druckerzeugnisse et-

was Lustiges zu finden sei, Simpsons, Donald Duck
oder Tom und Jerry. Ich denke zurück an einen
endlos langen Nachtflug von Singapur nach Abu
Dhabi, bei dem ich mit meiner Sitznachbarin in
der Holzklasse stundenlang über Zeichentrickfil-
me lachen konnte. Etwas Erheiterung, ein Lachen,
würde mir jetzt guttun. Aber nein, ein Arztbesuch
ist nicht lustig und die angebotenen Blätter auf
dem Tisch schon gar nicht. Ich weiß noch, wie früher in anderen Arztpraxen Fernsehen oder Filme
(jeweils ohne Ton) zur Unterhaltung gezeigt wurden. Oder wie früher die ausgelegten Zeitschriften
in graugrüne Mappen geheftet waren und jede
Woche von einem kleinen Männchen, das mit dem
Fahrrad kam, ausgetauscht wurden. Die Mischung
der Gazetten war damals immer gleich: Bunte
Blätter, die von Königshäusern, Pferden und Prin-
zessinnen berichteten oder von unschuldigem Wo-
chenendsex in Wort und Bild. Kochrezepte. Die
eine Illustrierte, die untere, die ich aufgegriffen
habe, richtet sich an Motorradfahrer. Ich blättere.
„Wie sie Windgeräusche am Helm verhindern können," ja, das ist tatsächlich ganz weit außerhalb
meiner derzeitigen Gedankengänge. Auf den hinte-
ren Seiten werden gebrauchte Auspuffröhren und
Motorenteile zum Kauf oder Tausch angeboten.
Auch hier regt sich bei mir kein Interesse. Ich

brauche keine Teile, keine gut erhaltene Kurbel-
welle einer zerlegten Horex-Imperator aus dem
Jahr 1954.

Es kann noch Stunden dauern, bis ich zum
Doktor gerufen werde.

Das andere Blättchen von dem Stapel befasst
sich mit Schlingen, Häkeln und Stricken. Ich blättere wieder, lese Überschriften und sehe mir Bilder an. Im Gegensatz zu meiner Erwartung, wird
in diesem Magazin nicht beschrieben, wie man
eine Klopapierrolle umhäkelt, um sie dann auf der
Hutablage des Autos zur Schau zu stellen und so
den nachfolgenden Fahrern als das Ergebnis ma-
nueller Geschicklichkeit stolz vor Augen zu führen.
Nein, das Häkel- und Strickmagazin ist erstaunlich
interessant. Die Autorin eines Artikels hatte mit
bunten Fäden experimentiert, die sie nach mathematischen Gesetzmäßigkeiten verarbeitet hatte.
Sie folgte arithmetischen und geometrischen Rei-
hen, Primzahlenfolgen und anderen Regeln und
zeigte die Ergebnisse auf Bildern, von denen manche wirre und andere wunderschöne Muster zeigten. Eine kunstvoll-ästhetisch ansprechende Verei-
nigung aus Bereichen der mathematischen Analy-
sis und der Kunst, eine Universalsprache, ein Glas-
perlenspiel. Ich denke an meine Schulzeit in der
Oberstufe, Konvergenzen, Grenzwerte. Es war im

Winter, das Klassenzimmer überheizt und feucht von der Nässe in unseren Kleidern, Jacken und Mänteln. Und mein Herzweh während der Primanerzeit war auch ein anderes als heute im Wartezimmer.

„Bei meinem Mann hat es auch am Herzen angefangen", antwortete die ältere der Frauen, „und dann an der Niere." Nach einer Pause: „Er hatte ganz hohen Blutdruck. Er arbeitete beim Finanzamt." (Als ob die beiden Tatsachen miteinander zu tun hätten). Die jüngere Frau führt die Unterhaltung weiter: „Ja, der Blutdruck ist morgens am schlimmsten. Die meisten Männer, die einen Schlaganfall bekommen, sterben frühmorgens zwischen fünf und neun", und weiter, als ob die Einzelheiten noch weiter ausgemalt werden müssten, „also wenn sie sich gerade im Bad zu schaffen machen, sich rasieren, beim Frühstück ihr Honigbrötchen schmieren oder erst im Büro in den Armen ihrer Sekretärin."

Es ist spät am Nachmittag, eine sichere Zeit, denke ich. Etwa die Hälfte der geduldigen Menschen von meiner Bank ist inzwischen aufgerufen worden, war im Sprechzimmer und hat dieses wohl durch eine andere Tür verlassen. Als Nächster wird der Hüstler aufgerufen. Ich stelle mir vor, dass er ein schweres Lungenleiden hat, das schwer zu kurieren ist. Tuberkulose vielleicht, die sich per Tröpfcheninfektion verbreitet. Ich denke an den Nieselregen. Während der Huster mit unerwartet leichten Schritten ins Doktorzimmer geht, hoffen wir alle, dass er uns nicht mit irgendetwas ansteckt. „So kann es natürlich auch kommen", kommentiert einer der Herren von der Bank. „Wie meinen Sie das?", erwidert die jüngere Frau, als ob sie den Hustenmann verteidigen müsste. „Ich kenne den Mann ja, wir haben in dem selben Betrieb gearbeitet. Er war in der Buchhaltung. Und hat geraucht. Zwei, drei Packungen am Tag. Dann kommt das eben so."

Das Wartezimmer ist leer, ich bin der Letzte, der noch hereingerufen wird. Die Frau mit dem weißen Kittel öffnet mir die Tür zu dem Raum, in dessen Mitte der Doktor hinter seinem Schreibtisch sitzt. Zum Fenster hin ist eine Liege, daneben ein Waschbecken, Personenwaage, in einem Regal Schalen, Instrumente, Verbandsmaterial und die anderen Ausrüstungsteile einer Arztpraxis. Die Frau legt einen Schnellhefter auf den Schreibtisch und schließt hinter sich die Tür. „Also, Herr, ach wie war doch bitte Ihr Name?" Ich sage meinen Namen, Vornamen, Familiennamen, „ach ja, ich weiß doch, das steht ja hier ganz vorne auf Ihrer Krankenakte", sagt er und sieht dabei auf seine

Uhr. Es war ein langer Tag, für den Doktor und auch für mich, der ich stundenlang nichtstuend auf einer Holzbank gewartet habe, um zu erfahren, wie es um meine Zukunft stünde. „Also, Herr …", diesmal werde ich mit meinem Namen angesprochen, „Also Herr…, so was ist sehr selten, das ist mir in meiner Praxis fast noch nie passiert." Ich werde unruhig. Der Doktor nimmt das Telefon ab, drückt eine Taste „Fräulein Wolfenstein-Meier, sind Sie sicher, dass sie mir alle Unterlagen für diesen Patienten hier vorgelegt haben?" Er wartet auf ihre Antwort. Lange Sekunden. Dann öffnet sich die Tür „Ja, ja, Herr Doktor, das ist alles. Alle Unterlagen von uns, von der Diagnoseklinik und die, die der Patient selbst mitgebracht hat. Fehlt etwas?" – „Nein es ist gut, bitte lassen Sie uns jetzt alleine, ja." Wieder schließt sie die Tür, langsam und lautlos. „Was soll ich mit Ihnen machen? Ich kann Sie ja nicht noch einmal zu einem Facharzt überweisen." Seine Stimme scheint gereizt, ungeduldig. „Machen Sie nochmal Ihre Brust, ihren Oberkörper frei und legen sich dann da hin" und zeigt auf die Untersuchungsliege vor dem Fenster. Draußen vor dem Fenster ist es inzwischen mehr Nacht als Tag, das dunkle Ende der Dämmerung. Nieselregen, kein Mond, keine Sterne. „Ihre Schuhe können Sie anlassen", holt mich seine Stimme wieder in das Zimmer zurück, in dem es nach Des-

infektion und Medizin riecht. Der Doktor kramt
das Stethoskop aus seinem Kittel, legt die Lesebrille ab und stöpselt die Endstücke der Schläuche in
seine Ohren, beugt sich über mich, um die Proze-
dur der Thorax-Auskultation, das Abhorchen meines Herzens und meiner Lunge, zu beginnen. Sein
Atem riecht ähnlich wie die Luft im Zimmer, Medikamente, Alkohol. Ich kann nicht sagen, ob der
Doktor sorgfältig vorgeht oder einfach nur müde
ist. „Atmen! – Luft Anhalten! – Husten!", so seine
Anweisungen, die ich ergeben befolge. „Ja, so wie
vorher auch. Habe ich mir ja schon lange gedacht",
murmelt er vor sich hin. „Sie können sich wieder
anziehen." Es klingt wie der Schlusspfiff eines
Fußballspiels. Aus. Ende. Keine Nachspielzeit. Auf
diesen Termin, auf diesen Moment habe ich drei
Wochen zu Hause und fünf Stunden im Vorzimmer
gewartet. Für diesen Termin habe ich vorher einen
Facharzt und eine Diagnoseklinik besuchen müssen. Ich knöpfe mein Hemd wieder zu, unten be-
ginnend und weiter nach oben, stecke die Hemd-
zipfel in die Hose, schließe die Schnalle an meinem
Gürtel. Es scheint, als ob er meinen fragenden Bli-
cken auswiche, es mag aber auch an seiner hässli-
chen Lesebrille liegen, die er sich wieder aufge-
setzt hatte, um weiter in meinen Unterlagen her-
umzublättern. Gelochte Trennstreifen und bunte
Registerblätter trennen die verschiedenen Ab-

schnitte der Akte, die meine Gesundheit oder Krankheit beschreibt, den Zustand meines Körpers in einer Gegenüberstellung zum Normalzustand, dessen, was als in den dicken Büchern der medizinischen Wissenschaft als Zustand der Gesundheit festgeschrieben ist. Ich setze mich vor dem Doktor auf den Stuhl, der für den Patienten vorgesehen ist. Ich bin nervös, aber auch gefasst. Was soll schon sein, ich fühle mich ja gut. *Compositus mens* (ist das überhaupt richtiges Latein?) sehe ich in seinem Bericht und handschriftlich „Patient empfindet Wohlbefinden." (Darf er das denn?) „Also Herr, äh, (er hat schon wieder meinen Namen vergessen), ich muss Ihnen das alles so kurz ohne Vorrede und ohne Einführung, klipp und klar sagen" – „Ja, und?", frage ich forsch. „Das lange Warten und die Fachärzte, das war alles verlorene Zeit." Er holt noch einmal tief Luft: „Also, wir haben alles, wirklich alles getestet, gemessen, untersucht und doch nichts gefunden. Sie sind gesund. Gehen Sie nach Hause und freuen Sie sich!"

Ich war inzwischen wirklich auf jedes schlimme Urteil vorbereitet. Warum kann ich mich jetzt nicht einfach freuen, nach Hause gehen und zufrieden sein?

Das Ende